弁当屋さんのおもてなし

海薫るホッケフライと思い出ソース

喜多みどり

角川文庫
20601

目次

人物紹介

●小鹿千春《こじかちはる》
コールセンターに勤務するＯＬ。
『くま弁』のお弁当が大好き。

●大上《おおかみ》ユウ
弁当屋『くま弁』で働く店員。
ミステリアスな雰囲気の好青年。

●片倉《かたくら》（カタリナ）
雑誌に人気コラム
『カタリナのお悩み相談室』を持つ
占い師。

●猿渡《さわたり》 歩《あゆむ》
『くま弁』に通うしっかり者の小学生。

●佐倉《さくら》りょう子《こ》
大学三年生。慎重派できっちりしている。

●橘《たちばな》 謙太《けんた》
カメラマン見習い。
ぶっ飛んだセンスの持ち主。

●猪俣《いのまた》このみ
千春の高校時代からの友人。

イラスト／イナコ

•第一話• 海薫るホッケフライ弁当

札幌《さっぽろ》の三月はまだまだ寒い。

豊水《ほうすい》すすきの駅の三番出口から出た小鹿千春《こじかちはる》は、ウールのマフラーにしっかり首を埋《うず》めて、歩き出した。

何しろ寒い。今日の最高気温だって五度にもならない。特に朝晩は冷え込む。

(これって春なのかな。春って言っていいのかな)

すでに三月も末。東京では桜が咲き始めているが、この辺りではもう一月《ひとつき》はあとのことになるだろう。

こちらの春というのは、ずいぶん遅れてやってくるし、控えめだ。

溶けた雪の間から、ふきのとうとかクロッカスとかが顔を出し、樹上では他のものに先駆けて真っ白なキタコブシの花が咲く。キタコブシは本州《ほんしゅう》で見かけるコブシの花より、ちょっと大きい。

そうして春なんだなとじんわり感じる。桜も梅もそのあとだ。

そういえば、この間はウォーキング中に河原でふきのとうを見かけた。雪が溶けた南の斜面に、ひょっこり顔を出していたのだ。

(じゃあ春か。春なんだろうなあ……)

どうにも納得いかないが、最前の自分の疑問に自分で答える。

雨が降るたび空気が温《ぬる》み、雪のかさが減っていく。そういう春もあるのかもしれない。

春の定義についてつらつら考えていた千春は、危うく目当ての店の前を通り過ぎそうになった。

「あっと」

声に出して足を止め、赤い庇《ひさし》テントを見上げる。漆喰《しっくい》の壁に枯れた蔦《つた》が這《は》う、古びた小さな弁当屋。

豊水すすきの駅から徒歩五分、住宅街と歓楽街の狭間《はざま》に位置する『くま弁』だ。

千春はもう一年以上、毎週のように通っている。

赤い庇テントには少しコミカルな熊のイラストが描かれていて、それを見ると自然と口元が緩む。

今日は『ミックスフライ弁当』を取り置き予約している。

くま弁の揚げ物はべたついた感じがせず、かりっさくっと揚がっていて、考えるだけで胸が浮き立つ。夜の遅い時間に揚げ物を食べる罪悪感もあるが、まだ二十一時前だし……とその罪悪感をねじ伏せる。

ミックスフライの内容は日によって違うが、大抵鮭か鱒《ます》のフライがどんと入っていて、それに小さなカツとか、ホタテフライとか、小海老《こえび》のフライとかが添えられる。

夏はイカリングが入っていたこともあるし、冬なら鱈《たら》も美味《おい》しい。特製タルタルソースをめいっぱいつけて頬張ると、さくっとした衣、それからふんわりとした癖のない鱒の身がやや酸味のある濃厚なソースと絡み合って——ああダメだ、よだれが出て来た。

「こんばんはー」

千春はよだれを飲み込んでから、店内に入った。奥のカウンターにはいつものようににこにこ笑顔の男性店員『ユウさん』がいて、千春を迎えてくれる。

「いらっしゃいませ」

エプロンにハンチングというスタイルがよく似合っている。帽子の下にはくっきりとした二重《ふたえ》の目があって、それがきらきら光って笑っていた。顔立ちは端整で、『映画俳優みたい』と評されているのを聞いたことがあるくらいだ。

彼に見つめられると、つられてふにゃりと笑ってしまう。

だが今日は別の視線を感じた。見ると、先客が千春を見つめていた。

今のだらしない笑顔を見られていたのかと恥ずかしくなる。顔を赤らめて挨拶《あいさつ》すると、相手も静かに目礼を返してくれた。

黒髪に紫のメッシュが入った五十代くらいの女性で、ケープもスカートもブーツも黒ずくめという恰好《かっこう》だ。頭にはやはり黒いベールを被《かぶ》っている。

魔女っぽい見た目で強烈なインパクトがあるが、コスプレ感は薄い。たぶん、ものすごく似合っているせいだろう。体にも合っているし、ケープやスカートのゆったりとしたちょっと幻想的な雰囲気が、彼女の優雅な所作に調和している。

何しろ、彼女の職業は占い師。

狸小路《たぬきこうじ》に店を構え、元助産師という経歴もあって悩める女性への的確なアドバイスで圧倒的人気を誇る『魔女カタリナの占い館』の主人、カタリナその人なのだ。

かくいう千春も彼女の書く雑誌コラム『カタリナのお悩み相談室』の大ファンだ。『カタリナのお悩み相談室』は札幌の女性向け情報誌に連載されている人生相談のページで、スピリチュアルなものには縁遠く雑誌の占いコーナーを読み飛ばす千春も、これだけは毎月楽しみにしている。

占い結果を踏まえつつも、決して自分の考えを押しつけるわけではない、カタリナの柔らかな語り口が好きなのだ。カタリナの人柄が見えるような、そういう文章だ。第三者からすれば、おまえが悪いと言いたくなるような相談者のことも否定せず、一度受け入れ、それからやんわりとできるだけ明るい方向へ導く。とげとげしたものに触れて傷付いた心に、それが優しく入ってくる。

だからくま弁で初めて彼女の顔を見た時は我が目を疑った。

占い師は普段から気を抜かない恰好をしているんだなとか、占い師もお弁当食べるんだなとか、混乱した頭で色々考えた末に、結局自分がファンだということは明かしていない。本当に本物なのかとまじまじと一度見つめただけで、それ以降はじろじろ見るのも控えている。

だが、意識はしてしまう。

(あんなだらしない顔してるところ見られていた……)

そう思うと顔から火が出そうだ。

「ミックスフライ弁当お取り置きしてございます。他にご注文はありますか？　……小鹿様？」

はっと千春は我に返ってユウの顔を見上げた。

「えーっと、それだけでいいです」

「では少々お待ちください。片倉《かたくら》様、ご注文はお決まりですか？」

片倉というのが魔女カタリナの本名だ。それもこの店で初めて知った。

片倉は小首を傾げた。

「オススメは何かあるかしら……？」

ゆっくりとしたしゃべり方の、落ち着いた声だ。

「そうですね……春の野菜天丼はいかがでしょうか？　片倉様はお肉が苦手だったと記憶しておりますが、こちらには入っておりません」

春の野菜天丼は先週千春も食べた。春を感じさせるたけのこや菜の花が薄付きの衣を纏《まと》ってからりと揚げられていて、山菜シーズンの間にもう一度食べたいと思ったくらいだ。

今だ、と千春はタイミングを見計らって話しかけた。

「野菜天丼美味しかったですよ。先週はふきのとう入っていました」

いや、別に今までだって一言二言話したことはあるのだが、片倉に話しかけるのは千春にはかなり緊張を伴う行為なのだ。

「あら、素敵ね」

片倉は心惹《ひ》かれた様子でにこりと穏やかに微笑んだ。

だが、すぐに残念そうに眉《まゆ》を寄せる。

「ああ、でも、わたくしお肉の匂いが……揚げ物は大好きなのですけど、カツやなんかと同じ揚げ油だと、匂いが移ってしまって」

それは残念だ。

千春も一緒になって気落ちした。

「なら、少しお時間かかりますが、別鍋《なべ》でご用意いたしましょうか？」

「まあ」

驚いた様子で片倉が目を瞠《みは》る。

「いいのかしら？　お手間でしょう……？」

「今の時間はお客様も少ないので……特別に」

ユウは少し冗談めかしてそう言う。

こういう『特例』を、ユウは結構やってくれる。混雑時に同じことを求められても困るし、店側としてはリスクがあるんじゃないかなと思うのだが、やってしまう。やり過ぎてオーナーの熊野《くまの》に怒られていたりしないかと心配になることもある。

「魔法のお弁当……」

突然片倉がそう呟《つぶや》いた。

そのフレーズが最初に使われたのは一年前、テレビでくま弁が紹介された時だ。アイドルの白鳥《しらとり》あまねが、くま弁の弁当を評して魔法の弁当と言ったのだ。

ユウは客の心に寄り添って、魔法のように本当に望むお弁当を作ってくれるからだ。

そう、たとえばこんなふうに。

「おおげさですよ」

ユウはちょっと驚いた様子でそう言うが、片倉は頭《かぶり》を振った。

「そんなことありません。本当に、望みを叶《かな》えてくださいましたもの。春野菜天丼、お願いしますね。とっても楽しみですわ」

「かしこまりました」

ユウは早速小さな鍋を火にかけた。

それを見守る片倉は嬉《うれ》しそうにそわそわして手を擦《こす》り合わせている。春の野菜天丼にときめくさまは可愛らしく、恋する乙女みたいだった。

片倉はふと千春を見やって、お礼を言ってきた。

「ありがとうございます、オススメしてくださって」

「いえ、でもよかったですね」

「ええ、本当に。美味しいものを食べると幸せな気持ちになりますものね。それが自分の食べたかったものならなおさらですわ」

片倉の意見には千春も同意だ。ごく当たり前の一般的な話かもしれないが、憧《あこが》れの人と意見が一致するのは嬉しい。

ふと片倉は何かを思い出したかのように言葉を切って千春を見つめた。

「？」

「そういえば……前に黒川《くろかわ》さんから伺ったのですけれど、小鹿さんが、あの、鮭かまのひとなのでしょうか……？」

凄《すご》い呼ばれようだが、たぶん前に千春がくま弁で鮭かま弁当を作ってもらったという話だろう。以前、常連客の黒川に一度話したことがあるだけなのだが……。

「その鮭かまのひとっていうのが、具合の悪い時にザンギ弁当注文して鮭かま弁当作ってもらった人間って意味なら、私です……」

「ああ、やっぱり！　お若いＯＬさんって伺ってましたけれど、このお店はお若い女性客が多くありませんから……実は、わたくし、黒川さんからあの話を聞いて、このお店に興味を持ったんですよ」

自分がきっかけになったことに驚いて、千春は目を丸くする。

黒川があちこちで言いふらしているのかと思うとなんだか気恥ずかしいが、それが客寄せに繋《つな》がるとは思ってもみなかった。

「すごく元気になれたんですって？」

黒川にもそんなふうに言った気がする。千春はこくこくと頷《うなず》いた。

「あの、ちょっと悩んでる時期で……気遣ってもらえたのが嬉しいのと、お弁当が美《お》味《い》しいのとで、ユウさんのおかげで抜け出せたって感じだったんです」

うまく説明できた気はしないが、片倉は何度も頷き、嬉しそうに手を合わせて語った。

「人は、考えを整理して問題と向き合ってるならいいのですけれど、そうではなくて、ぐるぐる同じところを彷徨《さまよ》っていることってありますでしょう。ご自分の力だけでは抜け出せなくなってしまう方もいて、わたくしのお店にもそういう方がよくいらっしゃるんです。ぐるぐる迷いながらも実は心の中では答えは決まっていて、ただ背中を押して欲しい方もいらっしゃいます。そういう場合はほとんど占うこともないくらいなんですよ」

片倉は、慈しむような笑みを浮かべていた。合わせていた手をゆっくりと開き、そこにまるで大切なものがあるかのように胸に押し当てた。

「ここのお弁当も、きっとそういう時に食べると、自分で立ち上がるためのエネルギーになってくれるのだと思います。医食同源という言葉がありますが、あれは薬食同源という中国の思想から来ているのです。口に入るものには、それくらいパワーがあるということなんですよ」

ははあ……と千春はため息とも感嘆の声ともつかないものを漏らした。ワンコイン弁当屋ではなくて湖畔の静かな小屋にでもいるような、そんな感覚に陥っていた。神秘的な空気が辺りに漂っている気がする。

「そんなふうに言っていただけて光栄です」

若干照れ臭そうにユウが言った。

片倉は小首を傾げ、その拍子にベールがさらりと音を立てた。

「わたくしもいつもお客様に元気になっていただきたいと思っておりますの。勿論《もちろん》、中にはお店を出た直後は落ち込んでいたり、怒っていたりする方もいらっしゃいますけれど。最終的に、元気になってくだされば、それでいいと思うのです。そういうところが似ているなと思い、このお店に興味を持ったのです」

彼女はふと寂しそうに付け加えた。

「それにわたくしも元気になりたいの」

千春の知る限りいつも穏やかな表情を浮かべている片倉が、ほとんど見せたことのない顔だった。

「何か特別に食べたいものがありましたら、ご注文承りますよ」

ユウは何かを察したのかそう言う。

「ありがとうございます。気遣っていただくのは嬉しいものですね……」

片倉はいつもの静かな笑みを浮かべ、不思議と感慨深げにそう言った。

春野菜天丼は油を熱する時間が必要だったため、先に千春のミックスフライ弁当ができた。

会計を済ませて礼を言って受け取ると、袋からほかほかとぬくもりが伝わってきた。そのぬくもりを感じるだけで、また口元が緩むのを抑えられない。くま弁に来ると何度も口角が上がる。自分はこんなに笑う人間だったのかとびっくりするくらいだ。

「いつもありがとうございます。お仕事お疲れ様です」

ユウからの労《いたわ》りが嬉しくて、また笑ってしまう。

「素敵ですね」

不意に横から片倉の声が聞こえた。彼女は千春を見て、楽しげに目を細めている。

「素敵な笑顔」

え、と口が変な形で開いて固まる。そんなこと面と向かって言われたことはなかった。千春はどちらかというと地味な風貌《ふうぼう》で、小柄で、学校でも会社でも目立たず生きてきた。

それを素敵なんて。素敵な笑顔なんて言ってくれるとは。

片倉こそ美人で、スタイルが良くて、素敵な女性なのに。

「あ、ありがとうございます……」

しどろもどろになってかろうじてそう言うと、片倉は笑顔でユウに話を振った。

「そう思いません？」

いきなり話を振られてユウは目をぱちくりとして、それから相変わらずの人好きのする笑みを浮かべて、そうですね、と答えた。心なしか照れた様子にも見えたが、すぐに調理のために背中を向けてしまったのでよくわからない。

うふふ、と片倉は鈴の鳴るような声で笑っていた。

あ、と千春の口から小さな声が漏れた。落胆の声だった。

ミックスフライ弁当を注文した日から数日経っていた。

その日は購読している情報誌の発売日だった。書店へ行く前に、千春は美容室の鏡の前に積まれた女性誌の中から、それを見つけた。

早速目当てのコラムを求めてページを捲《めく》るが、いつもの辺りに見当たらない。

目次を確認すると、隅の方に『魔女カタリナのお悩み相談室は休載します』とだけ記述がある。がっかりして、思わず声が漏れてしまった。

(まあそういうこともあるか……)

たまたまお悩みが寄せられなかったとか、何かの都合で休載にしたとか……来月はきっと掲載されると自分を慰めて、ぱらぱらと他のページを見るともなしに眺めた。

残念だなあと思ったが、そのときは、それ以上のことは何も考えなかった。

くま弁から徒歩十分くらいのところに千春のマンションはある。だから帰ろうと思えば帰れたのだ。

四月のある夜、千春は仕事帰りにユウと黒川と一緒に飲みに行った。黒川というのは千春とも親しいくま弁の常連で、昨秋以来時々この三人で飲みに行くことがあった。

とはいってもなかなか予定が合わず、今回で三度目だ。

ユウは休み、黒川と千春は仕事帰りで、二十二時頃から飲み始めて、気が付くと日付が変わっていたが、全員すすきのから徒歩圏内に自宅があるので終電を気にする必要もなく、だらだらと飲み続けて他愛もない話を続けた。

千春は焼酎《しょうちゅう》のお湯割りを片手に仕事の凄《すさ》まじいクレーマーの話をし、黒川は色々ちゃんぽんしたのちウィスキーに落ち着いて娘の活躍について熱く語り、ユウはカルーアミルクとともにオススメの映画の話をした。

で、最近札幌では飲みの締めにパフェを食べるのが流行《はや》っているという話になった。

流行ものが大好きな黒川がそれに飛びつき、人気の店に行こうと千春らを誘い、店を変えたのはいいものの、人気店は大盛況、夜中なのに一時間待ちだった。そこで近くの店でまた飲みながら待つことになり、今度は千春と黒川でモエ・エ・シャンドンを一本開けた……それから……なんだったか……。

（そうだ、やっと電話がかかってきて、店に行ってパフェ食べたんだ）

さすがに美味《おい》しかったし見た目もインスタ映えするというか、華やかで可愛かった。別にSNSをやっているわけでもない千春も、食べる前に何枚か写真を撮ったくらいだ。飴《あめ》細工の煌《きら》めきとマンゴーアイスのねっとりとした甘さ、パッションフルーツの色味と甘酸っぱさ……舌にも目にも甦《よみがえ》る。また行きたい。

そしてその辺りから、黒川の足取りが怪しくなった。

しかも、マンションの鍵《かぎ》が見つからないという。

仕方がないので黒川を抱えてくま弁まで運び込んだ。くま弁の二階が居住スペースで、黒川はこのまま朝までユウの部屋に寝かせておくとのことだった。

そこで帰ればよかったのだが、「いやあお疲れ様でした」「いえいえありがとうございます」なんて話してお茶を飲んでいるうちにまた話し込んで、はっと気づくと映画を観ながら朝を迎えていた。

とりあえず洗面所を借りて顔を洗い化粧をし直し、千春は鏡に映った顔を見つめる。

地味目な顔立ちに、肩の上で切りそろえた色素の薄い髪。

化粧をし直したとはいえ、徹夜の疲れは顔に出ている。化粧乗りも悪かった。

そして何より、二十代の半ばを過ぎて、別に付き合っているわけでもない異性の部屋で夜を明かしてしまった。何事もなく。

「恥ずかしい……！」

千春は思わずわっと顔を手で覆った。

相手に異性として意識されていないんじゃないかなとかそもそも自分の危機管理はどうなっているんだとか突っ込みどころが満載で辛《つら》い。

ユウと個人的に会うようになって半年くらい。昨晩のように長い時間を共有してもまったく違和感がないというか、疲れた感じがしない。毎回あっという間に時間が過ぎ去る。ユウもそうであってくれれば嬉《うれ》しいが、彼は何しろ割と誰にでも愛想良くにこにこしているので量りがたいものがある。

だいたい——

(毎回黒川さんか他の誰かがいる……！)

そうだ、だいたい、千春は彼と二人きりで会ったことがまだない。

その点今回は大変珍しい状況だったと思う。黒川が寝ていて、熊野も別室で、千春はユウと朝まで過ごした。

……話したり映画を観たりしていただけだが。

こんな状況でもなお進展がないというのは脈がないと思うべきなのだろうか。

「千春さーん、朝ごはん食べますかー？」

ユウの声が階下から聞こえてきた。少し距離が近づいて、以前は小鹿様呼びだったのが今は千春さん呼びだ。店の他の客の前では小鹿様と呼ばれることが多いが。

距離が近づいたのは嬉しいが、友人関係が深まり過ぎて異性として見られなくなるんじゃないかという危機感を最近抱き始めたところだ。

いや、いや、そもそも、ユウとどういう関係になりたいのか、千春の中でも別に明確に答えが出ているわけではない。

最初はお弁当が美味しくて、気遣いが嬉しくて、もっと色々知りたいと思った。彼が困っていれば助けになりたいとも思った。それは友情の始まりだとか隣人愛だとしてもおかしくはない。

でもそれなら、どうして自分はこんなふうにやきもきしているのだろう。

「食べます!」

千春は思いを振り払うように顔を上げてそう声を張り上げ、部屋に立ち寄って黒川を起こした。

朝食は、一階の和室に用意されていた。

スタッフの休憩室だったり応接室だったりと色々に使われる部屋で、最近替えたばかりの畳の匂いが鮮烈だ。飴色《あめいろ》の家具はいつも通り、並べられたこけしや熊の彫り物もいつも通り。東向きの窓があるにはあるが、隣の建物と近いせいかそこまで日差しは入って来ない。夜同様、オレンジ色の丸いシェードに覆われた蛍光灯が点《とも》っていた。

店主の熊野がひょっこりと店舗に通じる戸口から顔を出した。

「おはよう、小鹿さん。昨夜は黒川さんが大変だったって？」

「お、おはようございます……すみません、夜中に押しかけてしまって……」

「いいよ、俺寝てたし」

熊野から茶碗《ちゃわん》の載った盆を受け取りちゃぶ台に置く。ユウもおひつを抱えて和室に入ってきた。

「ほら、黒川さんも手伝ってください」

ユウは隅に転がる黒川に声をかけたが、黒川はむにゃむにゃ言うばかりで体を起こしもしない。

それにしても……

千春はちゃぶ台をあらためて見下ろして生唾《なまつば》を飲み込んだ。

おひつからよそわれる湯気を上げるごはん。ふのりと豆腐の味噌汁に、ふわっふわの焼きたて玉子焼き。小鉢は菜の花の辛子和《からしあ》えと、じゃこ入りのごまだれを掛けた大根のサラダ。海苔《のり》、梅干し、たらこといったごはんのお供。そして、そのちゃぶ台の真ん中にどんと置かれたのは——

いくらの醤油《しょうゆ》漬け。

きらきらつやつやと輝くいくらに目が眩《くら》み、思わずそう呟《つぶや》く。

「ま、眩《まぶ》しい……！」

「何もないけど、まあ食べていってよ」

謙遜《けんそん》なのかなんなのか、熊野はそう言って千春に座布団を勧めてくれる。何もない？　いくらがあるのに！

「え？　いくら？　ああ、冷凍しておいたんだよ。秋に漬けた最後のいくらね。半年前のだけど、まあ業務用冷凍庫だから家で消費する分には大丈夫だよ」

声に出ていたらしく、熊野が回答してくれた。

勧められるままに千春は座布団に座り、黒川も這《は》ってきて隣に座った。なんだ動けるじゃないですか、とユウは呆《あき》れていた。

「いただきます」

それぞれそう言って箸《はし》に手を伸ばした。

千春はどきどきしながらもいくらを炊きたてごはんにたっぷりかけていただくことにした。さらにその上にはコントラストの美しいもみ海苔。箸でそれらをすくい上げ口いっぱいに頬張ると、海苔の香りが鼻から抜けて、大した抵抗もなくいくらが弾《はじ》けてとろりとした汁が溢《あふ》れ出す。それが漬けだれとともにごはんに絡まって、ああ……！

「な、」

「な？」

隣のユウが聞き返してきた。

千春はほとんど涙目で尋ねた。

「なんでこれを朝ごはんに出してくれるんですか……」

「北海道の家では割と出て来るんじゃないの。冷蔵だとそんな保《も》つものでもないし、置いとくと硬くなるんだよね」

熊野がそう言って味噌汁を啜《すす》った。ユウも玉子焼きに箸をつけつつ頷《うなず》く。

「ホテルの朝食バイキングでもよく見ますよね」

「ホテルで出るからって家庭で出ませんよお……」

一方の黒川はいくらには目もくれず卵かけごはんを頬張っている。さっきまで青白い顔で寝ていた気がするのだが、あれは手伝いを回避したいがゆえの演技だったのだろうか。

「美味しいー」

「…………」

そういえばくま弁で朝食に出る卵は店で使っている卵と同じで、その卵かけごはんも絶品なのだと黒川が言っていた。これがそうなのか、と千春はオレンジがかった色に染まった黒川のごはんに気を取られる。

「……おかわりありますよ」

ユウにそう言われてしまった。

結局千春はごはんをおかわりして二膳《ぜん》目は卵かけごはんにして食べた。

一口食べるなり、これは確かに美味《おい》しいと千春も唸《うな》ってしまった。

ふっくらもっちり炊きあがったゆめぴりかを卵が包み込み、その味がまた濃いのだ。かけた醤油は卵かけごはん用とかではない普通の濃口醤油だと思うのだが、それに負けないしっかりとした味わいの卵だ。

卵かけごはんというと千春はざっと掻《か》き込むようなイメージを持っていたが、これはゆっくり味わいたくなる。

だが味わっているうちに、気が付くと平らげてしまっていて、ユウはおかわりありますよともう一度声をかけてくれた。

とはいえさすがに三膳目は気が引けたしおなかもいっぱいだったので、熊野とユウに礼を言って朝食を終えることにした。

片付けを手伝い、ちゃぶ台を拭《ふ》いた辺りで、黒川も回復してきて歩けそうだと言うので、一緒にお暇《いとま》することになった。

幸い今日は千春もユウもお休みだ。月に一度だけある、くま弁の連休に飲み会を入れてくれたのだ。黒川は……まあ、寝ていたみたいだし大丈夫だろう。

「そういえば、黒川さん、鍵《かぎ》って見つかりました？」

「あっ、それがですね、お店から着信ありまして。もしかしてって出たら、鍵落としてない？　って訊《き》かれたんですよ〜。だからこれから受け取りに行くんですよ」

「ああ、あれ……」

千春は黒川が昨夜自慢してくれたキーホルダーを思い出した。

レジンによる手作りで、ハート形の枠内には彼の愛娘《まなむすめ》にして今や全国区の知名度を誇る美少女アイドル・白鳥あまねの写真が収まっている。

なんでも、黒川の知人の娘が白鳥あまねファンで、自作グッズを黒川にもプレゼントしてくれたらしい。

昨夜行った店の店長も黒川の顔見知りだったから、キーホルダーを見てすぐにぴんと来たのだろう。

「黒川さん、二日酔いとかしないんですか？」

「二日酔いです〜、頭痛いです」

千春の問いに、黒川はへらへらと笑って答える。

「しっかり朝ごはん食べておいて何言ってるんですか……」

ユウは呆れ顔で、玄関ドアを開けてくれた。

玄関は北向きだったから、眩しいということもないが、それでも明るい朝の光景に
なんとなく千春は頭の重さを覚える。まったく寝ていないのだ、当たり前だ……。
あくびをかみ殺して外に出ると、ばったりと見知った顔に出くわした。
「あら」
朝の八時だからなのか、他に理由があるのかはわからないが、その人はいつもの黒
ずくめではなく、象牙色《ぞうげ》のショールと白いロングコートに身を包んで、パン屋のもの
らしい袋を片手に店の前に立っていた。
「あ、おはようございます……」
いつも通り挨拶《あいさつ》したところで、状況のまずさに気づく。
今は、朝の、八時だ。
片倉の目は、驚いたように見開かれている。
(あ、ああああああ、朝帰りだと思われてる!)
千春は羞恥《しゅうち》と焦りから一気にまくし立てた。
「違うんです! これはただの飲み会の延長で、決して、あのっ」
だが、すぐに千春の後ろから黒川が顔を出した。
「ん? ああ、カタリナさんだ。おはようございます。いやあ、昨夜は飲み過ぎちゃ
って」

「そう！　黒川さんとユウさんと一緒に、ちょっと飲み会を！　うっかり黒川さんを介抱していて、こちらでお世話になってしまいまして……」

しどろもどろになって言い訳すると、片倉はぱちくりと瞬《まばた》きをした。

「まあ、それは大変でしたでしょう。黒川さんもそんな無茶な飲み方して、お体大丈夫ですか？」

「いやあ、本当にそうですよねえ。もう年なのにお恥ずかしいですよ」

黒川はあっはっはと笑って言った。

千春は内心で黒川のフォローに手を合わせて頭を下げる。ありがたい。ここで勘違いされたままではユウにも申し訳ない。

「それにしても素晴らしい朝ですね、小鹿さん」

「そ、そうですね……」

千春は片倉に話を振られてひきつった笑顔で答えた。気温は朝らしく冷えているものの、天気はよく、気持ちの良い一日になりそうだった。

「わたくしはね、お買い物です。大通のパン屋さんまで歩いてきました」

「朝ごはんに？　ああ、そこの、美味しいですよね」

黒川は片倉の持つ袋を見てにこにこしている。

片倉は朝の光の中でも美しく、ただ、なんとなくその表情に陰りが見える気がした。

元気がないのだろうか……？

「それじゃ、ユウ君、熊さん。ごちそうさま」

「ご、ごちそうさまでした。おかわりまでいただいてすみません」

「またおいでよ、人が多い方が賑《にぎ》やかでいいし。ただし黒川さんは次は潰《つぶ》れないうちに来なよ」

熊野の言葉に黒川が誤魔化すように朗らかに笑う。

人当たりの良い黒川は片倉とも親しいらしく、パン屋のことや昨夜の締めパフェのことなどを片倉に話しながら歩き出した。方向が途中まで同じなので、千春もあとからついていく。

「あ、そういえば、小鹿さん」

「え？」

急に黒川が振り返って千春を見て言った。

「カタリナさんのファンでしたよね」

「！」

お茶でも飲んでいたら噴き出していただろう。

千春は心臓が止まるかというほど驚いて、動揺した声を上げた。

「いっ、や、ちょっと、何言ってるんですか黒川さん……！」

「前に、なんだっけ、雑誌のコラムのファンだって言ってましたよね。本物と話せますよ、ほら」

ほら、じゃない。

今まで必死にミーハーなところを隠していたというのに、一瞬で灰燼《かいじん》に帰した。

片倉は目を丸くして、まあ、と言い、千春を見やった。

「そうでしたの。わたくし気づかなくて……嬉《うれ》しいわ、ありがとうございます」

「いっ、あっ……こ、こちらこそ、いつも、コラム読んでます……」

ガンバッテクダサイ、とぎこちなく言うと、片倉はちょっとすまなそうな顔をした。

それで千春も、今月号のコラムが休載であることを思い出した。

「ごめんなさい。コラム、今月はお休みいただいておりますの……」

「あ！　そう、そうでしたね。あの、はい……」

「え、どうしたんですか、カタリナさん。体調でも崩したんですか？」

黒川は心配そうに尋ねる。千春もまさしく訊きたかったことだったので、今朝二度めとなる感謝を彼に捧《ささ》げた。

「いえ、それが……」

信号で立ち止まった片倉は、そこで言葉を切り、じっと足下を見つめた。

「小鹿さんの、鮭かまのお話なのですけれど」

「えっ」

急に自分の話が出て来て、千春は驚いてしまう。

「鮭かまを食べた時、小鹿さんは、どんな悩みを抱えていらしたのかしら……」

そう呟《つぶや》いて、片倉自身がびっくりしたように顔を上げて、千春に謝る。

「やだわ、わたくしったら。ごめんなさい。気にしないで、こんな個人的なこと訊いてしまって……」

「え？　いえ、いいんですけど……」

「じゃあ、あの、わたくし、あちらの道ですから、失礼しますね。ごめんなさい、本当に」

そう言って、片倉は信号を渡らず、別方向へ行こうとする。そちらに本当に自宅があるのか、それともごまかしているだけなのか、千春にはわからない。

どうしよう、と戸惑って立ち尽くす千春に、あくびをかみ殺しながら黒川が言った。

「じゃ、僕は仕事もあるんで。小鹿さんはお休みですよね」

「えっ、はい……」

まだ行き先は同じなのだが、黒川はここで別れるつもりらしい。

黒川を見送って、千春はようやく思い切って片倉を追いかけた。

「あの！」

背中から声をかけると、片倉はびくっと体を震わせて振り返る。千春は緊張した面持ちの彼女に、話しかけた。

「すみません、もしお時間あれば、私、鮭かまの時のことお話しできますけど……あの、本当に、もし、片倉さんがご興味あれば」

片倉は少しの間視線を彷徨《さまよ》わせてから、おずおずと千春を見つめた。

「ご迷惑じゃありませんか……？」

「大丈夫ですよ」

千春はできるだけ片倉を安心させようと、明るく微笑んだ。

札幌の中心地で公園というと大通《おおどおり》公園がまっさきに思い浮かぶが、もう一つ、中島《なかじま》公園も市民の憩いの場として有名だ。

すすきのという一大繁華街から一駅という立地にありながら豊かな緑を抱え、広大な敷地には文学館やコンサートホール、体育センターなども建つ。秋は紅葉が美しく、冬は雪の中でのイベントもあり、季節ごとに異なった顔を見せる、散策にもぴったりの公園だ。

千春と片倉は、園内に点在するベンチの一つに腰を下ろした。

残雪は寒々しいが、赤い芽を幾つも抱えた木々が青空に映えて鮮やかだ。

片倉が奢《おご》ってくれたテイクアウトのコーヒーを啜《すす》り、千春は指先とおなかを温める。

「私が、鮭かま弁当を買った時のことですよね？　あの、大した話じゃないんですけど」

「お願いします……」

縋《すが》るような目で促されて、千春はぽつぽつと、当時のことを語った。

「本当に、大した話じゃないんですよ。ただ、あの頃は転勤したばかりで、土地にも仕事にもまだ不慣れで……しかも、まあ、転勤のきっかけになったのが、酷《ひど》い二股《ふたまた》男で……」

言葉を選ぼうと努めるが、選びきれずちょっと率直な言い方になってしまった。片倉は眉《まゆ》をひそめたりはせずに静かに聞いてくれる。

他人にこの話をするのは初めてだ。

親には口が裂けても言えないし、友人にもなんとなく話しにくい。何しろ知らずに付き合ったとはいえ、二股浮気男の本命女性は千春がお世話になった先輩だ。後ろめたくて、誰にも言えずに口を噤《つぐ》んでしまっていた。

話すともっと暗い気持ちになるかと思っていたが、案外気楽で、しかも思っていたよりも自分が当時の状況に怒りと呆《あき》れを抱いていたことに気づいてびっくりする。当時は混乱して、心身ともに疲れて、何がなんだかわからなくなっていたのだ。今になって、やっと気持ちも考えも整理できたのだろう。

片倉は話を聞き終えると、千春に頭を下げた。

「ごめんなさい、不用意にこんなことを聞き出してしまって」

「いいんですよ、むしろ話してすっきりしました。もうなんとも思っていませんし……思い出すと色々考えることはありますけど、普段は思い出しさえしないんです。それより、何か、お役に立ちましたか？」

「…………」

片倉はしばらく唇を噛《か》み締め何か考え、それから目を上げて千春を見つめた。

「くま弁のお弁当で、霊的な能力を……いわゆる霊感を回復させることはできると思いますか？」

「…………！」

さすがにそう来るとは思っていなかった。千春は絶句してしまう。

千春としては、片倉が何か悩みを抱えていて、それをユウのお弁当で励まして欲しいのかなと思っていたのだ。そのために、一度ユウのお弁当で元気になっている生き証人の千春に、話を聞きたかったのかと。

だが、霊的能力とは。

「そう……ですね」

千春は考えながら、慎重に口を開いた。

「ユウさんなら、できないって言うかなと思います」

一瞬、ちらっと片倉の目に諦《あきら》めの色が広がる。

「ユウさんは、基本的に自分のお弁当を食べて誰かが元気になっても、それは自分のお弁当のおかげじゃなくて、その人自身の力なんだって言うんです。私にもそうでした。だから、霊的……？　霊感？　のようなものを回復させるなんてこと、とても無理ですって言うと思うんです」

「そうですよね……」

片倉はそう呟くと、黙り込んでしまう。一点を見つめて何か考え込んでいる。

(霊感かあ……)

凄《すご》い爆弾を放り投げられた気分だ。

そもそも、霊感を取り戻せるかということは、今彼女は霊感を失っているということなのだ。これは占い師には大変困ったことだろうし、あまり人に言いふらせることでもない。千春の打ち明け話より、よほど聞かれたくない話だったろう。

そもそも千春はカタリナのファンといっても、スピリチュアル系の世界に造詣《ぞうけい》が深いわけではないから、霊感ってなんだろうというところから考え込んでしまう。

片倉はタロット占いを専門にしているはずだ。霊感とやらがないとどうなるのだろう。占いが外れてしまうのか？　だから悩み相談のコラムも休んだのだろうか？

　でもさすがにそれをお弁当でどうこうしようというのは無理なのではないだろうか。魔法のお弁当だなんて言っても、実際に魔法なわけではない。あくまでお弁当は腹を満たすもので……いや、そんなことは、きっと片倉だってわかっている。

　どうして彼女は千春に当時の悩みのことを訊《き》いたのだろう。

　そこまで考えて、千春ははたと気づいた。

「あの、その能力を失ったのは、片倉さんが何か悩みを抱えているから、ということなんでしょうか？」

「そうです」

　悩みを抱え、ぐるぐる迷い、だから彼女は千春の悩みを訊きたくなった。千春がどんな悩みを抱えていて、それをどうやってお弁当を食べることで解決できたのか。

　つまり霊感を失ったのは心の問題だと彼女は考えているのだ。

「で、お弁当で解決できるかもって考えたということは、それは食事に関すること……なんですね？」

「そうなのです」

　片倉はすがるような目で頷《うなず》いた。

「じゃあ、ユウさんに相談してみたらどうでしょう。霊感がどうのって言われてもユウさんは無理ですって言うと思いますけど、美味《おい》しいお弁当は作ってくれますよ。少なくとも、食べる前よりは元気になれるかも。食事って、そもそもそういうものじゃないですか」

食べる喜び、楽しさ。それを勿論《もちろん》片倉も知っている。春野菜の天丼で、あんなふうに素直に喜んでいたのだから。

「小鹿さん、ありがとう……」

片倉は千春の手を取ると、二回りも年下の千春にそう言って頭を下げた。千春は驚いて頭を上げさせ、どうせならこれから一緒に店に行って相談しようという話になった。

それにしても、と千春は内心で考えていた。

片倉が霊感を失うほどの悩みとは、いったいどんなものなのか。

休憩室のちゃぶ台を、今度はユウ、片倉、千春、熊野で囲む。

ユウがコーヒーを持ってきて、千春と片倉の前に置いてくれた。

一通りの話を聞いたユウは、やはり霊感を取り戻すお弁当をお作りすることはできませんときっぱり言った。

「しかし、勿論お弁当をお作りすることはできます。何か、食べたいお弁当がおありだから、当店にいらしたのですね？」

「はい……ホッケのフライが入ったお弁当です」

ホッケのフライ。

耳慣れないメニューに、千春はきょとんとする。

ホッケといえば開きじゃないのだろうか。

そういえば、スーパーで生のホッケが一尾まるごと売られているのを見たことがある。一抱えもありそうな大きなやつで、まるまると太っていた。調理法も捌《さば》き方もわからなかったので買わなかったが。

「作ってはみたのですが、わたくしでは、どうしても記憶のようにはできなくて……」

「どの点が違いましたか？」

「さあ……ソース、かなと思うんですが。ウスターソースですけれど、どうしてもどのメーカーのものだったかわからないのです。写真を見て形状から調べようとしたのですけれど、古いものだからか、今売られているどの商品とも違うのです……。もう二十年以上前のことになりますから」

「当時の写真があるんですか？」

「ええ、持ってきています」

そう言って、片倉は小さなバッグから封筒を取りだした。店に行く前に自宅マンションに立ち寄り、持ってきたバッグだった。

封筒の中には古びた写真が入っている。

それは、料理の並んだテーブルを撮ったものだった。テーブルにたくさんの料理が並んでいて、それを大勢で囲んでいるようだ。刺身など海の幸が多いように見える。何かのお祝い事だろうか。

その中に確かに一品、大きな魚のフライが見える。そばに置いてある容器にウスターソースらしきものが入っており、他にタルタルソースも並んでいる。容器は瓶のようで、写真の角度のせいかラベルは見えない。金色の蓋《ふた》が印象的だ。

「タルタルソースではなく、こちらのソースですか？」

「ええ。わたくし、タルタルソースが苦手で……それでウスターソースを用意していただいたと記憶しております」

好き嫌いが多くてお恥ずかしいわ、と片倉は恥じ入っている。

千春としてはソースよりもフライの方が気になった。

「へえ、これがホッケのフライですか」

千春は思わずそう呟《つぶや》いた。熊野が、ああ、と気づいて頷く。

「そっか、小鹿さんは内地の人だったね。ホッケってあっちじゃ流通してないんだろ？」

北海道の人はよく北海道以外の本州などのことを指して内地と呼ぶ。

「ないというか、ホッケは開きって感じですね」

「開きじゃないと足が早いからね、ホッケは」

片倉は懐かしそうに目を細めて語った。

「わたくしがまだ助産師をしていた頃、島の診療所で働いていたことがありまして。その送別会の時に出していただいた料理です」

「それですごいごちそうなんですね」

漁業がさかんなのだろう。刺身もあれば兜《かぶと》焼きもある。それにお袋の味といった雰囲気の煮物も。ついでにいうとお酒の瓶も隙間を埋めるように並んでいる。

「ええ。わたくしもこの島に来て初めてホッケのフライを食べたのです。わたくしが小さい頃はホッケと言えば煮付けでしたから」

こんなふうに見送ってもらえたということは、きっと片倉は島民から信頼され、感謝されていたのだろう。これを食べれば元気になれると片倉が考えたのもわかる気がした。

ユウは写真を色々な角度から眺めてから尋ねた。

「このホッケのフライとソースを用意してくれたのは、どういう方ですか？」

「あの……漁師さんです。甘エビとか、ホッケとかの漁をなさっていて」

片倉はそう答えた。

そういう人ならきっと美味しい魚料理もたくさん知っているのだろう。千春はユウから受け取った写真を一通り眺めると顔を上げ――

熊野がなんとも言えない表情で片倉を見ているのに気づいた。

「?」

不思議に思って、千春も片倉を見やった。

片倉の頬は、やけに赤く染まっているし、目も泳いでいる。

「……片倉様?」

ユウに名前を呼ばれると、片倉は突然背筋をぴんと伸ばし、取り澄ました顔で尋ねた。

「なんでしょう」

まだ、顔は赤い。

耳まで赤く染めた片倉は、千春から見ても不思議と艶《つや》っぽく、いつも以上に美しく見えた。

……写真を見るに、これだけテーブルいっぱいに美味しそうな料理を並べてあるのに、作って欲しいのがホッケのフライということはよほど印象に残ったのだろうし、片倉にとって意味のあるものだったのだろう。

たぶん、作ってくれた相手も含めて。

「……その方と、親しかったんですか？」

思わず千春はそう尋ねていた。

片倉は勢いよく体ごと向き直って千春を見た。

「そう、ですね、よくしていただきました」

言葉がいちいち喉《のど》に引っかかっているみたいなしゃべり方だ。

「奥様を亡くされて、一人暮らしをされている方でした。ですからお料理もご自分でなさるとかで、とてもお上手で……わたくしも当時は忙しく寝食を忘れることもありました……それを心配して、わざわざ手料理を差し入れてくださることもありました。最初の差し入れがホッケのフライで、わたくしが美味しい美味しいと食べたものですから、この時も作ってくださったのだと思います」

そこまで話して、片倉は千春たちにじっと見られていることに気づいたようだ。誤魔化すように、珍しく口早に言った。

「でもシバタさん……いえ、あの方も余計なことを言う人で、初対面の時には、わたくしが食堂でごはんを食べていると料理はしないのかとかうるさく訊《き》いていらして……わたくしも最初は馴染《なじ》むまで苦労しましたし、それを助けてくださったのは確かなので感謝していますが……あの、とても……」

やけにぎくしゃくした動きで、片倉は目にかかる髪を耳に掻《か》き上げる。潤んだ目を伏せて小さな声で呟いた。

「優しい人でした……」

千春は黙っていたし、ユウも熊野も何も言わなかった。

だが、片倉はいきなり立ち上がると、ユウと熊野に頭を下げて一気にまくしたてた。

「それでは、朝から長々とお邪魔するのも申し訳ありませんし、今日はこの辺りで失礼します。お弁当はいつでもいいですから、でき上がったらご連絡ください。お代は請求していただければその通りにお支払いします」

そして辞去の言葉を付け加えてもう一度頭を下げると、風のような速さで部屋を出ていった。その後を、我に返った千春は慌てて追いかけた。

「かっ、片倉さん!?」

玄関を飛び出ると、片倉が道路を渡ろうとしていた。千春はその腕を咄嗟《とっさ》に摑《つか》んだ。

片倉が今まさに渡ろうとしていた道路を、車が猛スピードで通り過ぎていった。

「かっ、片倉さん……危ないですよ」

「すみません……」

片倉もさすがに青い顔で項垂《うなだ》れた。

「……大丈夫ですか?」

「……すみません……」

千春はどうしたものかと考え、ふと視線を感じて振り返ると、玄関からユウと熊野が心配そうな顔でこちらを見ていた。

こういうことは、女同士の方がまだマシかもしれない。

千春は思い切って言ってみることにした。

「その、ホッケのフライを作った方のことが……片倉さんのお悩み、ということでしょうか……？」

「ち、違います」

片倉は喘《あえ》ぐように言った。

「ホッケのフライを食べたいのに食べられないのが、私の悩みです。作り手のことでは……ありません」

なら何故そんなに動揺していたんだとか、言いたいことはあったが、千春はそれらを胸の中にしまい込むことにした。

好きだとか、愛していたとか、そういった類《たぐ》いの言葉を片倉は一言も口にしなかった。

ただ、小さな囁《ささや》くような声で、千春にだけそっと教えてくれた。

「……わたくしも長い間、ほとんど忘れて暮らしていました。だってもう二十年以上も前のことです。でも、ふとしたことで思い出して……それ以来、その思いがわたくしの心を占めてしまい、占いに集中できなくなってしまったのです……」

熊野とユウはもう建物の中に引っ込んでいる。千春はくま弁の庇《ひさし》の下で、片倉と二人並んで立っていた。

「その方とのことが……？」

いいえ、と片倉は頑《かたく》なに否定した。

「ホッケのフライのことがです」

強張《こわば》った顔でそう言い直す。千春も慌てて頷《うなず》いた。

「あ、ああ、ホッケのフライのことが、ですね。わかりました」

「ええ、勿論《もちろん》、そうです。ホッケのフライのことです。それを思い出して、けれどどうしても自分では再現できなくて、悔しさと食べたいという欲求から、あの人のことも思い出してしまっただけです。別に、わたくしは……」

「も、もういいです、大丈夫です」

千春は気丈に言い張る片倉を制した。

片倉は、胸の前で手を組み、祈るように呟《つぶや》いた。

「あのホッケのフライをもう一度食べることができたなら、この『雑念』と決別できるような気がするのです」

　決別というのはかなり強い言葉だし、『雑念』とは手厳しい表現だ。片倉は自分に厳しすぎるのではと千春は思ってしまったが、あまりはっきりと口出しする気にもなれなかった。

　今の片倉はなんだか張り詰めた、触れれば壊れてしまいそうな雰囲気があった。

　結局片倉は、千春の協力に感謝して、突然飛び出してしまったことを詫《わ》びると、自宅へと帰っていった。

　見送った千春はため息を吐いて、どうしたものかと頭を悩ませた。

「……千春さん」

　呼ばれて見ると、玄関ドアをちょっと開けて、ユウが顔を覗《のぞ》かせていた。

「あの、どうでしたか？」

「えっと……」

　千春は言うべきことが見つからず黙ってしまう。

　今の片倉の話を、どこまで伝えてよいのだろうか。

「ホッケのフライがもの凄《すご》く食べたいそうです……その、写真のホッケのフライのことですが。食べられたら、『雑念』と決別できるって……おっしゃってました」

　ほぼ片倉が言ったままだ。千春の推測は挟まない。

ユウの後ろから出て来た熊野は呆《あき》れ顔だ。

「ホッケを食べたいって『雑念』ねえ……」

熊野も片倉の様子から察するところはあったのだろう。

あれだけ顔を真っ赤にして恥じらっておいて、『ホッケが食べたい』というのが悩みでは、筋が通らない。

「どうして二十年以上前のホッケのフライを今食べたくなったのか、片倉様はおっしゃっていましたか？」

「あ、いえ、何も聞いていません」

そういえば、ふとしたことで、程度しか言っていなかった。

片倉は単にかつての男性を思い出したのではない。当時の『思い』を甦《よみがえ》らせたのだ。

どんなきっかけがあったら、そんなふうになるのだろう。

そういえば自分が『元彼』と最後に連絡を取ったのは、結婚式の招待状だったな……と思い出した千春は、あっと声を上げそうになった。

千春の場合はもはやそれどころではなかったが、片倉は明らかに相手に思いを残している。そんな相手が結婚して永遠に誰か他の女性のものになったのだと知らされれば、心に波風も立つだろう。あの時ああしていれば、という後悔もあるかもしれない。

それが片倉の心を乱し、占いをうまくいかなくさせてしまっていた……とか。

「……千春さん？」

だが、それは千春の推測だ。

あくまでホッケのフライの問題なのだと片倉が言い張っていた以上、そういうことにしておいた方がいいのだろう。

千春はユウを見上げて謝った。

「すみません、肝心なこと訊いてなくて……」

「いえ、とんでもない。ただ、僕もちょっと不思議で」

「どうして今になってっていうことですよね」

「いえ、それもありますが、どうしても同じソースで食べたいというのであれば、フライを作ってくれた人に尋ねてみることもできたはずです。訊いても教えてもらえなかったのか……それに、片倉様があんなふうに突然出て行ってしまったのも……」

何か僕怒らせるようなことしたんでしょうか、と心配そうにユウは呟いている。

（……ソースのメーカーが知りたいからってかつての思い人に連絡はしにくいんじゃないかなあ）

そもそも、片倉がフライの作り手に好意を抱いているということも、ユウは気づいていないということだろうか。ユウは察しがよく、こちらの体調まで気遣ってお弁当をオススメしてくれたりするのに、恋愛関係だけは違うのか？

千春はちらっと熊野を見ると、熊野も何故か千春を見ていた。

幾分、同情するような目で。

（……いや、別にユウさんが恋愛関係に疎かろうが私が同情されることなんてないんじゃないの？）

そうは思ったが、言えば墓穴を掘りそうなので、千春は黙って熊野をちょっと睨《にら》みつけるに留《とど》めておいた。


ホッケのフライ弁当ができたという話をユウから聞いたのは、それから二週間以上後のことだった。

仕事帰り、二十一時頃店に立ち寄った千春は、ユウの話を聞いて喜んだ。

「じゃあ、あのソースもわかったんですね」

「ええ、それを調べるのに時間がかかってしまいましたが。それで、ご相談なのですが、片倉様が、もし都合が合えば是非千春さんにも同席して欲しいとおっしゃっていて」

「えっ、いいんですか？」

ユウの方も幾らか困惑した表情だった。

テレビで紹介されて以来もの凄い人気で行列の絶えなかったくま弁も、最近は落ち着いてきて、この時間に来ても普通にお弁当が数種類残っているようになっていた。

千春も今日は取り置きせずに、ユウにオススメでも訊《き》いてみようかと来店していた。

千春と入れ違いでカップルが出て行き、今は店内にいる客は千春だけだ。だからユウも千春さんと呼んでくれる。

「どうします？　勿論、無理にとは……」

「いえ、来ますよ、大丈夫です。……でも、どうして片倉さんは私に来て欲しいなんて言ったんでしょう」

「打ち明け話もされていましたし、千春さんを信頼されているのでは？　それから、日程は千春さんに合わせるとのことです」

「じゃあ、明日《あした》！　明日なら私お休みなので、いつでも大丈夫です」

「ではそれで片倉様にも訊いてみます。すみません、お休みの日に。千春さんの分もお弁当お作りしておきますね。片倉様からもそう頼まれているんです」

「えっ、嬉《うれ》しい！　楽しみにしてますね」

そもそも休みの日にユウに会えること自体も嬉しかったが、さすがにそれを口にするのは控えておいた。

❄

四月も後半に入っていた。

気温も最近は少しずつ上がってきて、千春はやっと先週ウールのコートをクリーニングに出した。軽やかな春物のコートとか、ジャケットとか、そういうものが活躍する季節だった。

シフト休みのその日は気温も上がっていたので、千春はジャケットとライラック色の膝下丈《ひざした》スカートという恰好《かっこう》でくま弁を訪れた。春物のスカートは裾《すそ》がひらひらしてまだ少し肌寒い。

「片倉さん、こんにちは」

店の前にはもう片倉がいて、下りたシャッターと隣の玄関の前とを行ったり来たりしていた。千春に気づくと顔を上げて、幾分ほっとした顔をした。

「今日は申し訳ありません。来てくださって本当にありがとうございます」

いきなりそう頭を下げられ、千春の方こそ恐縮する。

「大丈夫です、特に予定もないですし……あの、私の付き添いで本当に良かったんですか？」

「はい。なんとなく、いていただいた方が良いような予感がしたのです」

「予感……ですか」

「ええ」

占い師の言うことは、やっぱりなんだか神秘的な感じがする。

片倉はドアに向き直ると緊張した面持ちに戻り、玄関の呼び鈴を押した。


片倉と千春はくま弁の休憩室に通された。和室の畳の匂いが気分を落ち着かせる。

熊野が丁寧にお茶を淹《い》れてくれて、ユウが弁当を運んできた。

「こちらになります。中身をご確認いただけますか？」

「はい……」

片倉は神妙な顔で頷《うなず》くと、弁当の蓋《ふた》を取った。

普段のくま弁の容器につやぴかのごはんが詰められ、仕切りの向こう側には大きなホッケのフライが鎮座する。大きすぎてごはんにもちょっとはみ出ている。フライのそばにはキャベツの千切りが添えられ、他のおかずは昆布の佃煮《つくだに》、蕗《ふき》の煮物や小さなかぼちゃ団子など素朴な感じだ。

ちなみにかぼちゃ団子はかぼちゃに片栗粉を練り込んで焼いたもので、北海道ではじゃがいもで作られたいももちとともに親しまれている。

ホッケのフライはなかなかインパクトがあるが、くま弁の弁当としては比較的軽めに見える。たぶん、片倉の食事量に合わせてのことだろう。いつもごはんも少なめを注文していた。

口を半開きにして見入っていた千春の腹が、鳴った。

羞恥《しゅうち》で顔を赤らめつつ、千春は誤魔化すように言った。

「フライの他にも色々あるんですね」

「写真に写っていたメニューを幾つか再現してみました」

蕗もかぼちゃも北海道の特産だ。写真では送別会ということで華やかな料理も多かったが、ユウが弁当用に選んだメニューには、親しみやすさというか、おばあちゃんの手料理っぽい懐かしさがあって、どこかほっとする。

片倉は、感動した面持ちで弁当のおかずを一品一品眺めている。

「ありがとうございます。とっても美味《おい》しそうですね……」

「ソースはこちらにご用意いたしました」

そう言ってユウが盆の上から取り上げちゃぶ台の上に置いたのは、弁当用の小さなソース入れだ。

「これが……」

感慨深げに片倉が呟《つぶや》いたが、後半は千春の腹の音がかき消した。

とりわけ大きな音で、千春は恥じ入って小さくなった。

「……すみません……」

お弁当を奢《おご》ってもらえると言われて昼食を食べずに来てしまったのがまずかった。いっそ消えてしまいたい。

だが片倉は微笑むと、千春の前にずいと弁当箱を押し出してきた。

「よかったら、食べてください」

「えっ、いえ、でもそれは、片倉さんのお弁当ですからっ」

「でもおなかすかせていらっしゃるでしょう？　お呼び立てして申し訳ないもの。小鹿さんの分も作っていただけるようお願いしておきましたから、遠慮なさらず是非どうぞ」

片倉は少し恥ずかしそうに微笑んだ。

「それに、わたくしお弁当を食べたい場所があって……こんなに美味しそうなお弁当を前に小鹿さんをお待たせしてしまうのは心苦しいですから、先に召し上がってください。きっと揚げたての方が美味しいですよ。感想聞かせてくださいな」

押し切られる形で、千春は恐縮しながら箸《はし》とソース入れを受け取った。

（いいのかなあ……）

と思いつつ、失礼しますと断って、ソースをフライの上にたらりと垂らす。

ソースの香辛料の匂いがまた食欲をそそり、唾《つば》を飲み込む。

固唾《かたず》を呑《の》んでこちらを見守る片倉に頭を下げ、千春は手を合わせた。

「すみません、お先にいただきます」

そう断って、真っ先にホッケのフライに箸をつける。

からりと揚がっているのが箸越しにも伝わってきて、頬が緩む。ソースの香りを嗅《か》ぎつつ、まずは一口頬張る。粗めのパン粉のさくっという食感が歯に伝わり、それから肉厚のホッケの身が口の中でほぐれていく。

「はふぁ……」

揚げ立てあつあつで、思わず空気を取り入れようと変な声が出る。

脂が乗っていて美味しい！

鱈《たら》のフライより身がしっかりしていて、少し癖がある。ソースがその身に絡み、鼻から豊かなスパイスの香りが抜けていく。

さくさくもぐもぐと忙しく顎《あご》を動かし飲み込んで、千春はぱっと満面の笑みを片倉に向けた。

「美味しいですよ、片倉さん！」

片倉は微笑ましげに目を細めている。

「ホッケのフライ初めて食べました。というか開きじゃないホッケが初めてというか……白身魚のフライっぽいですけど、でも鱈とかよりかなり脂が乗っているんですね。ソースも美味しいですねえ」

ユウが解説してくれる。

「ホッケのフライはタルタルソースをかける家庭も多いと思いますが、写真ではウスターソースが用意されていました。こちらもそれに合わせました」

ウスターソースといえば、片倉がメーカーを調べるのに苦労していたはずだ。

「そういえば、わかったんですか、どこのソースか」

「はい」

ユウは頷いたが、どこのものかは教えてくれない。千春はソースを多めにつけて、もう一口ホッケのフライを食べてみた。

香辛料の向こう側に、果物の爽《さわ》やかな風味と野菜の甘みを感じる……何が入っているのかまったくわからないが、それらが混ざり合って、奥行きのあるまろやかな味わいになっている。

千春が知るウスターソースはもっと尖《とが》った味だった気がするし、いつものくま弁のカツ弁当とかについているソースとも違う。あれはもっと甘みが強い。

「食べても全然わかんないですね……輸入食材だったとか？　普通に流通してるんですか？」

いていた。

「いえ」

片倉も気になるようで、胸の前で手を組み、身を乗り出すようにしてユウの話を聞いている。

ユウは一旦《いったん》調理場へ引っ込み、お盆に何か載せて戻ってきた。

持ってきたものを見て、千春は思わず眉間《みけん》に皺《しわ》を寄せて呟いた。

「……焼き肉のたれ？」

ペットボトル状の容器で、蓋は金色、ラベルは赤。

中には明らかに焼き肉のたれらしきとろりとした液体が入っている。

「この容器に見覚えはありませんか？　以前はガラス容器で、今はペットボトルタイプという違いはありますが……」

「確かに似ていますが……」

と片倉は声を上げ、しかし首を捻《ひね》る。

「でも、あれは焼き肉のたれとは違っていたと思います。ウスターソースの味でした。それに、容器に焼き肉のたれのラベルが貼ってあれば覚えていたと思います」

千春もまじまじと容器を見つめ、それからユウがちゃぶ台に置いた写真を見る。なるほど、写真の瓶はラベルは見えないが、金色の蓋《ふた》だけは同じだ……ウスターソースを探しても見つからないわけだ。まさか焼き肉のたれの容器だったとは。

だが、千春も食べたから確信を持って言えるが、今のソースは絶対に焼き肉のたれではない。ということは――

「詰め替えたんですか？」

千春の問いに、ユウは頷《うなず》いた。

「ここからは僕の推測になりますが、ウスターソース自体は手作りで、焼き肉のたれの空き容器に詰めただけだと思います。当時の容器はガラス製で、詰め替えるのに手頃だったのでしょう。この写真には写っていませんからなんとも言えませんが、元のラベルは剝《は》がしてあったか、上から別のものを貼って隠してあったのだと思います。焼き肉のたれのラベルはさすがに目を引きますし、何か訊《き》かれるかもしれない。手作りだと言うのが照れ臭かったのではないでしょうか」

「手作り……！」

ウスターソースって手作りできるの？　という驚きで、千春は呆然《ぼうぜん》と呟く。

「どうやって作るんですか、ウスターソースって」

「野菜と果物を煮て、濾《こ》したものを醬油《しょうゆ》や砂糖などで調味します。当店でもカツ用のソースは手作りしておりますが、こちらは魚のフライ用に辛めにさっぱりとした仕上がりになっています」

そういえば、くま弁で魚のフライといえば鱈とか鮭、鱒《ます》だから、タルタルソースが添えられている。

「へえ……でも手間ですよね、煮込んだり濾したり……材料費もかかるでしょうし。それを家庭でやるなんて、ずいぶん凝っていますね」

「そう思います。それに、写真を拝見すると作るのがより簡単なタルタルソースは明らかに市販品ですから、このウスターソースだけ特別に作ったということになります。片倉様がかつて赴任していらした島にも行って調べたところ、作ってくださった『シバタ様』の弟様からレシピをお借りできました。ですから当時の味に近いものが再現できているとは思いますが、弟様のお話ですと、ソースも試行錯誤の末のものらしく、手元にあるのが最終的なレシピかわからないとのことで……完璧《かんぺき》な再現とはいかなかったかもしれません」

現地まで行ったのか、どうりで時間がかかるわけだ。

千春は片倉を見やった。彼女は口元を押さえてじっとちゃぶ台の上の写真を見つめている。

タルタルソースが苦手な片倉のために作られた、特製ソース。

「料理好きな人だとしても、ソースを手作りするのは大変時間がかかります。片倉様に、美味《お い》しく召し上がってほしかったのだと思います」

「わたくしのために……」

呟《つぶや》く片倉の声は震えていた。

「わたしの、ためだけに……？」

ホッケのフライはタルタルソースをかける家庭も多いとユウは語っていた。

だから、たぶん、正しく、このウスターソースは片倉のためだけに作られたものなのだ。

ただ衝撃に固まる片倉を前にして、ユウが穏やかな声で呟いた。

「……このホッケのフライを作った『シバタ様』にとって、片倉様はとても大切な人だったのですね」

睫《まつげ》が震え、透明な涙が片倉の見開かれた目から零《こぼ》れ落ちた。

ゆらめく瞳《ひとみ》は、美しかった。

見ていて千春まで胸が締めつけられた。

片倉は本当にこれを忘れるつもりなのだろうか。二十年経った今でさえ、彼女は頬を染めて語っていたというのに。

千春にとって以前の恋はもうすっぱり過去のものだ。

でも彼女にとってはそうじゃない。

「雑念なんかじゃないです」

思わず、そう口走っていた。

「片倉さんの思いも、お相手の思いも、雑念なんかじゃないですよ」

自分の雑念というのはフライのことだ、彼のことではないという訂正を、片倉はこの時初めてしなかった。

「彼は……」

濡《ぬ》れた目が千春を見た。

そして片倉はこみ上げる涙とともに、言葉を吐き出した。

「彼は先月亡くなったの」

そう言うなり、片倉は歪《ゆが》んだ顔を伏せて体を小さく縮こまらせた。

実際の肉体よりも、遥《はる》かに小さくなって、今にも消えてしまいそうに見えた。

千春はその華奢《きゃしゃ》な片倉の肩に触れた。微《かす》かに震えているのが伝わると堪《たま》らなくなって背中をさすった。

何か彼女は小声で言っていた。

馬鹿ねと呟いているように、千春には聞こえた。

千春が泣いたって仕方がないのに、目頭が熱くなって、鼻の奥がつんと痛くなって、必死で涙を堪《こら》えた。

弁当の容器に受け取ったソース入れを詰めて蓋をすると、片倉はゆっくりと言った。

「海に行こうと思うのです。海が見える場所で食べたいなと思いまして」

「ではお包みいたしますね」

片倉の頬はもう濡れてはいなかった。

いつものビニール袋に入れられて出てきた弁当を見て、片倉は感慨深げに呟いた。

「あの時わたくしが何か行動を起こしていたら、決断できていたら、違ったかもしれない。彼が死ぬとしても、わたくしはそばで看取《みと》ることができたかもしれない。その前の二十年間を一緒に過ごすことができたかもしれない。あの人が死んだと教えられた時、そういう思いが胸を過《よ》ぎってしまったのです」

視線に気づいたようすで顔を上げ、千春を見つめて続ける。

「今の人生が嫌だというわけではないのです。若い人と話すのは楽しいし、力になれれば嬉《うれ》しいものですから。でも、自分の気持ちと向き合うのは怖かった……自分の思いも認められないまま、こんなに動揺しているのはあのホッケのフライが二度と食べられなくなったせいだなんて自分に言い訳して。でも、このお弁当と、小鹿さんのおかげで、彼の思いを知ることができました」

その場にいる人間の顔を順にゆっくりと見て、彼女は頭を下げた。

「ありがとうございました」

そうして、また千春に顔を向け、煌《きら》めく両の目を優しく細める。

「わたくしが小鹿さんをここに連れてきた理由が、やっとわかった気がします」

「私を？」

「一歩踏み出せば、変えられることはあると、小鹿さんに知ってもらうためです」

片倉は千春に目配せをした。ちらっとユウの方を見やって――

（!? いえいえいえいえいえ……）

ぎょっとして、ユウに気づかれてはいまいかと冷や冷やして様子を窺《うかが》う。ユウは少し不思議そうな顔でやり取りを見守っているだけだ。

「ふふ」

片倉が笑った。鈴の鳴るようなあの清らかな声で。

「か、からかわないでください」

「ごめんなさい。ありがとう、小鹿さん。ユウ君、熊野さん。わたくし、本当に元気が出て来たみたいです。不思議ね、今はとっても嬉しいのです。だってあの人が、わたくしをどのくらい好きだったか、ちゃんとわかったんですもの。二十年以上かかってしまいましたけれど」

二十年前の彼女も、きっとこうして鈴の鳴るような声で笑ったのだろう。美しく微笑んで、視線の先の相手をどぎまぎさせていたのだろう。そう思える笑みだった。

「雑念なんて言って彼に申し訳ありませんね。小鹿さんの言う通りです。また占いができるようになったら、小鹿さんのこと占ってさしあげます。恋愛占いでよろしいかしら？」

「あっ、あの、もう結構ですそれは……」

ふふとまた片倉は笑った。

(恋愛占いなんて言うから気まずくなっちゃった)

千春は胸中で片倉への文句を呟きつつ、一週間ぶりにくま弁の店内に足を踏み入れた。

時刻は二十二時。くま弁は今日も深夜営業中だ。

今日は千春は休みだったからいつでも訪ねられたのだが、客が少ない時間を狙ったらこうなった。

「こんばんは、千春さん」

店にはユウ一人だ。

くま弁は、昨年オーナーの熊野が腰を痛めてからユウだけでは店を回せず、新しくバイトを雇っている。最初は土日のみだったが、やはり平日もユウ一人では色々大変だったらしく、しばらくして近隣店舗から行列のことで苦情が来てしまったらしい。

それで結局、今は桂《かつら》という若い男性バイトが週に五日くらい、特に混雑する開店から二十一時くらいまで店に入っている。

今は二十二時なので、その桂ももういない。

「今日は花シュウマイ弁当のご予約でしたね。他に――」

「あの！」

気持ちが入り過ぎて、強い調子の声になった。

「片倉さんはお元気ですかね……」

いやそうじゃない。そうじゃないが、口に出してしまったものはしょうがない。

「昨日もいらしてましたよ。もう占いも再開したそうです」

「そ、そうなんですかー」

実のところ千春はすでに一昨日《おととい》、片倉に占ってもらっていた。人間観察のたまものなのか、占いがずばずば当たっているのかはよくわからないが、とにかく片倉の言うことはいちいち千春の図星を突いてきた。おかげで色々考えさせられた。別に明確にこうしなさいと言われたわけではないのだが、自分の気持ちを再確認できたのはよかったと思う。

一歩踏み出そうか迷っている時点で、答えは出ているようなものだった。

だがこうしてユウの笑顔を見ているとなんだか自分の行動が間違っているような気がしてくる。別に友達でいいじゃないかとか、彼を困らせたくないという思いがこみ上げて、でもそれらはたぶん、自分の自信のなさゆえのものだ。

片倉に言われたからというわけではないけれど、でも。

「今度二人でどこか行きませんか」

一歩踏み出せば、新しい自分になれるかもしれない。

新しい関係が、その先にあるかもしれない。

千春の誘いに、ユウは少しの間微笑みを浮かべたままぼうっとして、それから急に、しゃきんと背筋を正して返事をした。

「あっ、はい」

「いえ、勿論《もちろん》、無理にとは言いませんけど、私はできたら二人で――」

「行きましょう。いつがいいですか？」

ユウは照れたような嬉しそうな顔でそう言う。

もっと淡泊な反応を想像していた千春は拍子抜けして思わず確認した。

「あの、二人でですよ？　いいんですか？」

「千春さんが嫌でなければ、僕は嬉しいです」

「嫌ではないです……行きたいです……」

当たり前だ。誘ったのは千春なんだから。

変な会話になってしまったと呆然《ぼうぜん》としていると、ユウが店内のカレンダーを眺めて言った。

「うちの定休日でいいですか？」

「あ、はい、それは勿論……あの、じゃあ、来週のお休みでもいいですか、急ですけど」

「いいですよ。行きたい場所ありますか？」

「映画に……」

「じゃあ映画で。最近観てなかったから楽しみです。オススメありますか？」

いつもはユウが弁当をオススメしてくれるのに、今日は逆転している。

そんな小さなことがおかしくて、自分の気負いとか緊張とかがおかしくなって、千春は思わず笑った。

ユウはばつが悪そうに身じろぎした。

「すみません。はしゃいでしまったみたいで、その……みっともないですね」

「いえ、私も嬉《うれ》しかっただけです。こちらこそ変なところで笑ってすみません。そうですね、オススメは幾つかあるんですけど――」

千春は弾む声で語る。

気持ちが弾んで、声が弾んで、ついでに自分の体もふわふわ弾んでしまいそうだった。カウンター越しに視線を合わせたくて、精一杯背筋を伸ばして心持ちつま先立ちになる。

約束の日には、少しだけヒールの高い靴を履いていこう、とそのとき思った。

小柄な千春でも、彼との距離が縮まるように。

・第二話・ 雪室じゃがいもと甘口カレー

問題は、カレーが辛《から》かったことだ。

千春はカレーが嫌いなわけではない。母の作るカレーとか学校の給食とかのカレーは好きだった。わさび系の辛みは割と平気だし、生姜《しょうが》を山ほど入れたジンジャーエールも大好物だ。

だが、スパイスが効いた本格インドカレーなんかは、咳《せ》き込んでしまってダメなことがある。ガラムマサラとか、唐辛子とかは、どうも喉《のど》にくるのだ。

デートの時、ユウに連れて行ってもらったスープカレー屋さんのカレーも、まあ当然ながらスパイスがしっかり効いた複雑な風味のものだった。

スープカレーは札幌ではすっかり定着したご当地メニューだ。ぶつ切りの肉や野菜がごろごろ入ったスパイシーなカレーで、名前の通りスープ状のさらっとしたそれをごはんと一緒にいただくのだ。

多くのスープカレー屋でそうであるように、その店でも、辛さは選べた。一番甘口は子ども向けだったから、見栄を張って二番目くらいの辛さにしてみた。

子ども向けにしておけばよかった、と思った。

げほっ、と最初に咳き込んだ以外はなんとか堪《こら》えた。怪しまれるほどの時間もかけずに談笑しながら普通に完食した。根性論は千春には合わないが、この時ばかりは根性でなんとかした。

「大丈夫ですか？」

食事中に何度もユウにそう心配されてしまったが、とにかく、押し切った。

それなのに、店を出たあと、ユウに謝られた。

「すみません、苦手な味でしたか？」

「いいえ、そんなことは！　ちょっと喉の調子が悪いだけですから！　ユウさんはスープカレーとかお好きなんですか？」

はい、と申し訳なさそうな顔で答えるユウに、千春は言ってのけた。

「じゃあ、また美味《おい》しいお店教えてくださいね」

ユウを心配させたくない、謝らせたくない、気遣わせたくない——その一心だったが、ユウはやっぱり困ったようなすまなそうな顔で、謝った。

「すみません……」

謝らないでほしい、ユウは悪くない。

店を決める前に、苦手なものは特にないです！　と豪語してしまった自分が悪い。

千春は申し訳なくなったし、ユウの好きなものを自分も好きでいられたら、と思った。

だから、克服作戦を開始した。

「からっ」

千春は一口味見するなり顔を背けてげほげほ咳き込んだ。

デートの翌週、最初の休み。本日の自炊メニューはカレーだ。

いつものお子様甘口ルーカレーではない。朝からスパイスを炒《いた》めて煮込んだ本格派カレーだ。

料理の本に書いてある通りに作ったし、別にまずくはない。

ただ、やはり喉に来る辛さだった。

千春は慌てて用意していた水を飲み干し、息を吐く。まだ辛い。ラッシーが飲みたい。デートで行ったカレー屋で、唯一安心して口に運べたのはマンゴーラッシーだった。あのねっとり喉に絡みつく甘さと濃さが、スパイスの刺激を緩和してくれた。

自宅マンションのキッチンで、鍋《なべ》の前に立ち尽くし、千春は途方に暮れた。

(どうしよう、鍋一つ分作っちゃった……)

どうしようも何も食べるしかない。

だができるという自信が湧《わ》いてこない。レシピ通りに六皿分作ってしまった。六食これを食べるのか、という絶望と、チーズとか入れてもうちょっと食べやすくできないかなという希望が同時に湧いてくる。

そして、いやいや、そもそも本格派カレーの克服用に作ったんだから、このまま食べなきゃ意味がないぞと自分に言い聞かせる。

幸いじゃがいもは入れていないので一食分ずつ冷凍保存も可能だ。

冷凍してすかすかに変質したじゃがいもを食べたのは、自炊を始めたばかりの頃、もう一年以上前のことだ。

（ユウさんの好きなもの、一緒に楽しめるようになりたい……）

初めてのデートの間もユウはずっと千春に気を遣って、歩調も合わせて歩いてくれた。

あれだけ気配りしてもらったからには、自分も彼のために何か頑張りたい。

たとえそれが自己満足だとしても、結果的に一緒に楽しめるなら、それでいいはずだ……。

千春は覚悟を決め、皿にごはんとカレーをよそった。

……三分の一を食べた辺りで、用意していた水が空になったので牛乳を飲み始めた。

二分の一辺りで、ごはんが尽きてしまった。

まだこんなにカレーが残っているのに！　と千春は絶望した。

とにかく口直しだとバニラアイスを食べ、回復したところで再戦した。

三口くらい食べたところで、おかわりしたごはんでおなかがきつくなってきた。

どうしてこんな苦行をしているのかわからなくなってきて、スプーンが止まる。辛さで舌のみならず思考が麻痺《まひ》してきた。はーっと吐く息が熱くて辛い。瞬《まばた》きしたら涙が零《こぼ》れた。

冷蔵庫からヨーグルトを引っ張り出して、背中に冷蔵庫の微振動を感じながらその場に座り込んで食べた。

甘くて冷たいヨーグルトが、舌と喉に気持ちいい。

ほんの一メートル先のテーブルに載っているカレーを見ているうちに、無性に悲しくなってきた。

「くま弁のカレーが食べたい……」

くま弁のカレーは万人受けする懐かしい雰囲気のカレーで、子ども向けと言えるほど甘口なわけではないが、食べやすく千春も大好きだ。どろっとしたルーに大きめの野菜がごろごろ入っていて、豚バラは口に入れるととろけていく。添えられた福神漬けをちょっと齧《かじ》ったり、混ぜたりして味の変化を楽しむことだってできる。

その味を思い出して、また悲しくなった。

好きな人のためなら、努力できるものではないだろうか。

自分は、ユウが好きなのだろうか。

それとも、単に彼の弁当が好きなのだろうか……。

真剣に悩んでしまって、そしてまたこんなことで真剣に悩む自分に落ち込み、千春は冷蔵庫にごんと頭をぶつけた。


常連の黒川とくま弁の前で顔を合わせた時、千春はぽつりと漏らした。

「ユウさんって、カレーお好きですよね……」

シフト休みだったので、千春は開店前に来て並んでいた。黒川も今日は休みらしく、夜に店で見るよりはラフな恰好《かっこう》で、珍しくジーパンなんて穿《は》いている。

「好きだと思いますよ。僕も好きなんで、お店教え合ったりしたことありますよ」

あ、好きなものが同じでいいなあと千春は羨《うらや》ましくなった。

「どうかしました？　元気ないですね」

「い、いいえ、なんでもないです」

「ははあ」

黒川はしたり顔でにやりと笑って、千春の顔を覗《のぞ》き込んだ。

「ユウ君とのデートで何かありましたね」

「！　デートって、なんで知ってるんですか！」

「やっぱりデートしたんだ！」

しまった!!

誘導尋問じゃないか。千春は赤面して反論も誤魔化しも出て来なかった。

「そうですかあ、やっとデートですか……おじさんは感慨深いですよ……」

別に親戚《しんせき》のおじさんでもなんでもないのに、黒川は腕を組んでうんうん頷《うなず》いている。

「お邪魔だよなーって気づいてはいたんですが、ほら、僕が企画しないとそもそも二人で会おうとしないし……いやあよかったです、僕という障害を乗り越えてデートしたんなら。まあまあ、あとはお二人でがんばってください」

いや、親戚のおじさんというか仲人《なこうど》だ。黒川は仲人のつもりだ。

「はあ……でも別に、一回二人で会っただけですし」

もごもごと千春は言い訳めいたことを呟《つぶや》く。

「またまたー。二度目の約束もしたでしょう」

「……まだですけど……」

黒川の視線がいたたまれず、千春は目を逸らして道路標識を見ていた。

くま弁は週に一度の定休日の他、月に一日不定期な休業日もあるが、土日祝日含めて営業日は弁当がなくなるか二十五時まで開店している。閉店時間より早めに弁当がなくなることは多いが、取り置き予約もあるからだいたい終電まで店は開いている。

　ここしばらくは定休日も新メニュー開発などで忙しそうだ。

だから、二度目のデートを約束できないまま、もう半月経っていた。

落ち込んでいる千春を見かねたのか、黒川がフォローしてくれた。

「ユウ君忙しそうですもんねえ……」

「……まあ、それで休日も暇なもんでカレーとか作ったんですけど、あんまり美味しくできなくて……いえ、ちょっと、辛すぎたといいますか……」

「あー」

　察したらしい黒川が、そんな声を上げた。

「小鹿さん、辛いの苦手なんでしょ……なのにユウ君に合わせようとしてるんですね」

「……だって、一緒に楽しみたいじゃないですか……」

うわー、若いーと黒川は呟く。馬鹿にしているというよりは、羨望《せんぼう》が込められている。

「そういう努力できるっていうのは凄《すご》いですねえ。でも、無理するのはよくないと思いますよ。それぞれのペースで、相性のいいことだけ一緒にできればそれでいいじゃないですか」

「うーん……」

そういうものかもしれない。黒川の言うこともわかる。

「でも、それで合うものがなかったら……？」

「大丈夫ですよ、それぞれの趣味をそれぞれに楽しんでる夫婦なんて幾らでもいますよ」

夫婦とかそこまで飛躍した話をしたいわけではない……そもそも夫婦になる前にカップルにならなければならず、カップルになるには気が合うことが重要だ……。

たかがカレー一つとはいえ、千春は割り切れなかった。

「はあ……」

ため息を吐いた時、お待たせしましたーという声が聞こえ、列が動きだした。

開店だ。

すでに列にはメニューが回って、バイトの桂が注文を訊《き》いて回っていた。千春も少し前に注文は済ませてある。

今日は昆布のおにぎりと、玉子焼き。

あとは自宅冷蔵庫に生のニシンがあるから、塩焼きにして、朝の根菜味噌汁《みそしる》を温め直せばいいだろう。

ニシンは春告魚とも呼ばれる北海道の春の味覚だ。だいたい三月からスーパーや鮮魚店に並び、五月くらいまで新鮮なものを味わえる。

ニシンといえば数の子だが、塩焼きにすると卵がぷちぷちした食感で美味《おい》しい。正月に食べる醬油《しょうゆ》漬けの数の子とも違う。白子のねっとりとした食感もいいが、千春は断然卵派だ。

並んでいた客の全員が店内には入りきれず、千春は黒川とともに外で待った。

なんとなく周囲を見回した時、ふと、視界に小さな人影が入った。

小学四、五年生くらいの男の子が、眼鏡をかけ、青い鞄《かばん》を背負って、行列から外れた店の前に突っ立っている。

男の子は行列をしげしげと眺めていたが、千春と目が合って自分が見られていたことに気づくと、急に恥ずかしそうに目を逸らし、身を翻して駅の方へ駆けていった。

(小学生かあ。そういえば近所に学校あったっけ)

この辺りは北の大繁華街・すすきのから徒歩圏内とはいえ、住宅地にも近く、近所に小学校もある。時間帯次第では帰宅中の小学生を見かけることだってある。

開店直後のこの時間帯は作り置きも多く、すぐに列が進み、そのときはそれ以上特に気にせず千春は店に入った。

おにぎりと玉子焼きという注文だったから、千春は比較的早く呼ばれた。

会計を済ませたところで、店の奥からオーナーの熊野がひょいと顔を出す。

「あ、こんにちは」

「いらっしゃい、小鹿さん」

世間話をするには、この時間は人が多い。

熊野と簡単に挨拶《あいさつ》を交わし、厨房《ちゅうぼう》のユウとは目を合わせてこっそり手を振るので精一杯だ。

次は空いてそうな時間に来たいな、でも冷凍庫のカレーも食べないとな……と考えて、千春は自動ドアから店を出た。

出たところで、あれっと思った。

何しろ狭い店のことなので、まだ店の外の行列は解消されず、数人の客が並んでいた。

その列から外れたところに、小柄な人物が見えた。

あの小学生だ。

出入りする大人たちの邪魔にならない街路樹の脇に立ち、くま弁の庇《ひさし》テントを見たり、店の中を覗き込んだりして、もじもじしている。

(興味があるのかな?)

千春はその場で、ちょっと男の子の様子を眺めてみた。

よく見ると、男の子は今はコンビニの袋をぶら下げている。どうやら千春がくま弁にいる間に、近くのコンビニで買い物を済ませていたらしい。それからまたくま弁の前で足を止めたという状況なのだろう。

だが、男の子は千春と目が合うと、また駆け出してしまった。

「あ……」

千春は何か言おうとしたが、なんと言えばいいのかわからず、それ以上の言葉が続かなかった。

ただ、店に興味があって見ていて、自分がそれを邪魔してしまったのなら、悪かったなという気持ちだけが残った。


次のシフト休みも、千春は開店直後のくま弁でおにぎりを買った。

最近仕事で帰りが遅い日は自宅で冷凍カレーを消費することが多いので、せめて休みの日くらいはくま弁のおにぎりで癒やされたかった。どうせ定休日に合わせて休みを取っても、ユウとは会えないし……。

昨日は自作カレーだったが、今日は鮭マヨおにぎりだ、とほくほくしていると、自動ドアから外に出たところで、幼い顔を見つける。

数日前に店の前にいた、あの青い鞄の小学生だ。

彼はやはり同じように店の中を覗《のぞ》き込んで、もじもじしている。時折行列に目を向けて、悩んでいるような素振りだ。

店に入りたいのだろうか？

だが千春の視線に気づくと、みたび彼は慌てたようすで駅の方へ踵《きびす》を返した。

「あ！」

千春は声を上げた。今度は呼び止めるためではなく、びっくりして声が出た。

男の子が、駆け出すなり転んだのだ。

どうやら歩道の花壇に躓《つまず》いたらしい。転んだ拍子に眼鏡が顔から落ちて、歩道に転がった。

おまけに、自転車が男の子の落とした眼鏡に向かって走ってくる。

「わわっ！」

千春は咄嗟《とっさ》に眼鏡に向かって手を伸ばし、そこへ自転車が突っ込んできた。

熊野が、眼鏡の小さなねじを器用に締めながら訊いてきた。

「小鹿さんまで怪我するところだったって？」

「いや、そんな危機一髪ではないんですけども」

幸い、それなりに距離があったので、千春は眼鏡を守りつつ自転車を避けることができた。

だが、店から様子を見ていたユウが血相を変えて飛び出してきたものだから、かなり周囲の注目を集めてしまった。

怪我をした男の子と千春はくま弁の休憩室に直行した。

眼鏡のフレームは多少歪《ゆが》んでいたが、熊野が老眼鏡をかけながらちょっといじると、ずいぶんよくなった。あとでちゃんと眼鏡屋で見てもらいなよと言って、熊野は男の子に眼鏡を返す。

男の子は眼鏡をしげしげと眺めて、顔にかけ、感心したようすで呟《つぶや》いた。

「ありがとうございます……」

「こっちのおねえさんに言いなよ」

「あ、いや、私は別に」

男の子はきっちり頭を下げて、礼を言った。

「ありがとうございました」

「いや、いいよ……あ、それより怪我はどう？」

すでに傷口は洗って絆創膏《ばんそうこう》を貼ってあるが、ズボンはすり切れて血が滲《にじ》み、痛々しい。男の子はちょっと膝《ひざ》を曲げて眉《まゆ》をひそめながらも、頷《うなず》いた。

「大丈夫です」

「そっか、よかった。あの……この前もお店見てたよね？」

男の子は不安そうに表情を曇らせた。

「……はい」

返答は短くて、警戒心が見て取れる。

知らない大人に挟まれて、居心地が悪いのだろうか。何か怒られるとか、責められると思っているのだろうか。

彼の緊張をほぐそうと、千春は精一杯の優しい声で言った。

「興味があるのかなって思って……でもほら、私が驚かせたか何かしたから、お店入れなかったのかなって気になってて」

「……あの、混んでるなって思って見てただけなんです。でも、あの時はもう、お弁当買ったあとだったので、べつにおねえさんのせいじゃないです」

あのコンビニの袋はやはりお弁当が入っていたのか。くま弁で買いたかったが、混んでいたし、なんとなく入りにくくて敬遠してしまったというところか。

「あ！ 買い食いとかじゃないです。塾弁です」

叱られるとでも思ったのか、男の子はそう付け足した。

塾に行くと帰宅が遅くなるから、親が塾で食べる弁当を用意しなくてはいけないことがある。これが結構大変なのだと職場の女性陣が食堂で話しているのを聞いたことがある。

「今日はまだ買ってないんだね」

「…………」

考えてみれば、親子連れはともかく、くま弁に一人で来る小学生は見たことがない。弁当を買う必要があってもコンビニで済ましたりする子が多いのではないだろうか。

くま弁はこの時間帯は混んでいるし、大人ばかりで入りにくい。注文システムもわからなくて不安なのかもしれない。

「今日のオススメ弁当は生姜《しょうが》焼き弁当だったよ」

千春がそう言うと、男の子の頬がさっと紅潮した。目もきらきら輝いている。

「私も買いたいって思ったんだけど、今日はおかず用意してきちゃったから買えなくて……すごく良い匂いだった。ここの生姜焼きはね、生姜が効いてて、甘辛で、てりってりやってしてて。お肉も柔らかくて、美味《おい》しいよ」

「小鹿さん、オススメしてくれるのは嬉《うれ》しいけど、あんまり言うと押しつけみたいになっちゃうよ」

熊野に言われて、千春はさらなる言葉を飲み込む。そういえば店の前で転んだ少年を店内に連れ込んでおいて、あまりに強く店の商品をオススメするのはよくない……。

「あっ、そうか！　ごめんね、気にしないで……」

と千春が言いかけたとき、ぐううううという音が鳴った。

……千春ではない。

男の子の腹が鳴ったのだ。

彼は気まずそうに身じろぎして、それからちらっと腕時計を見て、熊野に尋ねた。

「あの、お弁当ってどれくらい時間がかかりますか？」

「この時間は作り置きがあるからそんなには……並んでるけど、二十分くらいかな」

男の子は、意を決したようすで口を開いた。


以来、小学生の男の子——猿渡歩《さわたりあゆむ》少年は、くま弁に通うようになった。塾がある曜日は必ずくま弁で塾弁を買っていき、顔を合わせれば千春とも挨拶《あいさつ》くらいはする。一緒に並んでいる時に話を振れば、ぽつぽつ話に入ることもあった。

「小学生のお客様は珍しいですね」

ユウが焼きたての玉子焼きを容器に詰めながらそう言った。

時刻は夜の二十一時、千春は仕事帰りで、今日は冷凍してある自作カレーを食べるぞと決めていたので、お弁当の注文はなし。玉子焼きは明日《あした》の朝食のつもりだ。

「親子連れのお客様はいらっしゃいますが」

「そうですよね。くま弁って、ちょっと小学生が来るには渋いっていうか。良い趣味してますね」

千春の表現がおかしかったのか、ユウが口元を緩めた。

その笑顔になんとなく照れてしまって、千春は目を逸らして話題を考える。

「あの……」

「はい」

果たして二度目のデートを千春から誘っていいのだろうか。

ユウは忙しそうだし、あまり煩わせたくないという気もする。前回のデートから多少日を置いたとはいえ、焦るほどではないはずだし……。

葛藤《かっとう》して、千春は結局こう言った。

「いえ！　やっぱりいいです！」

せめて冷凍庫のカレーを消費してからにしよう。

「千春さん？」

何やら心配したようすのユウを安心させようと、千春は急いで次の話題に切り替えた。

「そうだ！　えーと、映画、この間一緒に観た映画ですけど……」

そのとき、ふとユウの表情が強張《こわば》ったように見えた。

なんだ？　と千春は胸騒ぎがする。

だが、ユウに尋ねる前に、自動ドアが開いて客が入ってきた。

「すみません、カレー弁当ください」

入ってきた大学生くらいの男性客がそう言った。

カレー弁当……千春は思わず喉《のど》を鳴らす。くま弁のカレー弁当、家にカレーがなければ食べたかった……。とろける豚バラ、大きめに乱切りにされてよく煮込まれたにんじんとじゃがいも、ほぼ原形を留《とど》めていない玉ねぎ、スパイシー過ぎないどこか甘い香り、どろっとした懐かしい味わい……。

とにかく、他に客も来た以上、いつまでもここで話し込むわけにはいかない。

千春は会計を済ませて玉子焼きを受け取ると、カレーの匂いに後ろ髪引かれながら店を出た。

ユウが、心配そうな目でその背中を見送った。

❄

次の休みも、千春は開店前からくま弁の前に並んでいた。

黒川と歩少年も、千春と前後してやってきて、列に並んでいる。

「ああ、そういえばもうすぐ母の日だもんね」

千春が実家にＨＯＲＩの『じゃがいもコロコロ』を送ったという話をすると、察しのいい黒川がそう言った。ほんのりじゃがいもの風味がするおかきは、いろんな味があって、塩っ気もちょうどよく、千春は少しずつ食べているつもりでも一袋すぐに空けてしまう。

あの味がいい、この味がいいと黒川と言い合っていると、視線を感じた。

歩が、口を半開きにしてこちらを見ていた。

目をきらきらさせて、話に聞き入っていたらしい。歩のこんな顔は初めてだ……あ、いや、正確には初めてではない、彼はだいたいくま弁のメニューに見入っている時こういう顔をしている。

「歩君、おかき好きなの？」

黒川にそう問われて、歩は我に返った様子でぶんぶんと首を横に振った。

「いえ、あの！　そうじゃないです……」

「ん？　じゃあ山わさび味が好きなの？」

黒川のイチオシは山わさび味だった。ちょっと小学生には渋すぎるのではないだろうか。

「いえ……」

千春はピンときて、クイズに答えるような気分で言った。

「わかった！　じゃがいもが好きなんだ」

歩は急に顔を赤らめて、しばらくもじもじしていたが、最後にはこくんと小さく頷《うなず》いた。

「じゃがいもか。そういえば、歩君、じゃがいも料理好きだよね。この前も肉じゃが弁当頼んでて。いいよねえ、じゃがいも料理。おふくろの味って感じ」

黒川がそんなことを言ってうんうん頷くが、歩は不思議そうな顔をしている。

「おふくろの味ってなんですか？」

「あ、お母さんの味ってことだよ」

千春がそう説明すると、歩はぶんぶんと首を横に振った。

「じゃあ違います。お母さんはじゃがいも料理は作りません……給食とか、おじいちゃんちとかで食べるんです」

「ああ、そうなんだ」

千春が何気なくそう相槌《あいづち》を打つと、歩は何故かはっとした様子で、続けて言った。

「あの、でも、ほかの料理はいろいろ作ってくれます。魚のとか肉とか、緑の野菜のとか。お母さんの料理、ちゃんとおいしいです」

フォローするみたいな言い方だ。

母親が誤解されるかと思って、慌てているらしい。子どもがそこまで気にしなくても……と思いつつ、千春も優しい声で言った。

「そっか、歩君の体のこと考えて、栄養いっぱいのごはん作ってくれてるんだね」

「はい……」

こうして言葉を交わすようになっても、歩はいつもどこか緊張した様子だ。

大人の前だからそういうものかなと思うのだが、それが千春にはいじらしく見えて、もっと構いたくなってしまう。いや、あまり構い過ぎると歩が迷惑そうな顔をするので、これでも我慢しているのだが。

その歩が、ぽつぽつと話す。

「前は、塾弁も作ってもらってたんです。でも、僕がいいよって言って。お母さん、すごく、忙しそうなので」

子どもなりに必死に母をフォローしようとする歩の姿に、千春は胸がきゅうっと痛くなって、思わず歩の頭をわしわしと撫《な》で回してしまう。

「っ!?」

「あ、ごめん、つい……」

子ども扱いしてしまったことに気を悪くするかと思って、千春は慌てて手をどけた。

歩は気まずそうな表情で、千春を上目遣いにちょっと睨《にら》んでいる。

今度は黒川が歩に声をかけた。

「歩君は母の日に何か贈ったりする？」

黒川は誰に対しても気さくだ。歩にもよく話しかける。

「特に何も考えていませんでした」

「おじさんが小学生の頃はね、肩たたき券とか、お手伝い券とかあげたっけなあ。いつもありがとうって伝えるだけでも、親って嬉《うれ》しいもんだよ」

「…………」

歩はきゅっと眉《まゆ》を寄せ、何か考えている様子だった。

「小鹿さんはどんなことした？」

黒川に問われて、千春も記憶を掘り起こす。

「そうですねえ、お料理作ったりしてましたね」

「お料理……」

千春の言葉に、歩は何か感じるものがあったのか、繰り返した。

「お料理できる？　歩君」

「炒飯《チャーハン》とか、目玉焼きとかくらいです……」

「目玉焼きのっけた炒飯って大好き！　特に半熟の、割ると黄身が出てくるくらいのね」

黒川が心底からしい声でそう言った。

「でも、お母さん、それだけじゃ栄養が偏ってるって言うと思います」

歩のもっともなコメントに、黒川がしょんぼりと眉を下げる。

普段から歩の母はそういったことを口にしているのかもしれない。

母の日に子どもが作った料理に文句を言う親はあまりいないだろうし、大丈夫なんじゃないかと千春は思うが、歩が気にする気持ちもわかる。

とはいえ野菜や肉、魚を使った料理というと、歩の技量的にちょっと難しそうだ。

「……このお弁当屋さんって、お惣菜《そうざい》もありますよね」

歩がふと思いついた顔でくま弁の庇《ひさし》テントを見上げた。

「お惣菜買って、僕も何か作って、パーティーみたいにしたらどうかな……」

「それも素敵だね。いろいろ飾り付けしたりするのもいいし」

千春の言葉に、歩の表情が明るくなる。母親に喜んでもらえると思ったのだろう。

千春もそれを見て嬉しくなる。

だが、また歩は何か憂いでもあるのか、俯《うつむ》いてしまう。

「……でも、お母さん、あんまり喜ばないかも……」

「えっ、どうして？」

「あ、お金かかっちゃうからかな？」

黒川は子どもを持つ父親だからか、千春よりも察しがよかった。

「ほら、各家庭でお金の考え方って違うから。お小遣いの範疇《はんちゅう》で好きにさせてる家もあれば、無駄遣いしない！　って怒られちゃう家もあるし……」

考えてみればくま弁のお惣菜を家族分買うと、小学生のお財布にはそんなに優しくない金額になるはずだ。

「そっか、そうですよね……」

それならやはり歩の手作りが良いような気もするが、歩の方はどうしても栄養バランスが気になるらしい。

「僕、お父さんに相談してみます。お年玉がまだあるので、お金はそれを使えばいいし」

「お父さんに相談すれば確実だよね。じゃあさ、今日ちょっとユウ君に話してみたら？　この予算ならこのくらい、みたいなの教えてもらえるし、そういうのあった方がお父さんもわかりやすいでしょ」

黒川がそう提案した。

確かに、弁当屋さんのお惣菜と一口で言っても、質や値段は様々だ。

くま弁は希望に応じて揚げ物を減らしたり、野菜を多くしたり、盛り付けを可愛くしたり、色々できる。千春も以前、常連たちとの花見で綺麗《きれい》に盛り付けられたパーティーセットに感動した覚えがある。

歩はしばらくもじもじしたのち、あの、と口を開いた。

「色々、ありがとうございます」

そう言って、ぺこりと頭を下げる。

歩はたぶん十歳くらい。千春たちの前だと引っ込み思案でそれよりちょっと年下に見えることもあるが、こういうところはしっかりしている。友達と一緒にいるときは、きっともっとはきはき喋《しゃべ》るのではないだろうか。

可愛いのといじらしいのとで、千春はにやにや笑ってしまいそうになるのを堪《こら》える。隣を見ると、黒川も同じような顔をしていたので、思わず吹き出しそうになった。

しかし残念ながら歩には塾の時間があった。

結局土曜日の日中に店で話し合うことになり、何枚かの『お惣菜・パーティーセット見本』の資料を鞄《かばん》に入れた歩は、ぺこりと頭を下げて店を出て行った。

ちなみに本日のお買い上げ弁当も定番・肉じゃが弁当だ。よほど好きなのだろう。

確かに、あの味の染みたほくほくのじゃがいもは美味《おい》しい……くま弁の肉じゃがの肉は豚肉で、かなり厚めに切られていて、食べ応《ごた》えもある。

歩の注文に引きずられたのか、今日は黒川も肉じゃが弁当だ。

「私も肉じゃが弁当にすればよかったかなあ……」

店内でおにぎりと玉子焼きを包んでもらうのを待つ間、千春は思わずそう呟《つぶや》いていた。

黒川が苦笑を漏らす。

「おかず作ってきちゃったんでしょ？」

「そうなんですよねえ。あー、次こそ注文しよう……」

「……歩君、お母さんに喜んでもらえるといいですねえ」

黒川の娘は東京の寮にいる。離れて暮らす娘のことを思い出しているのだろうか、彼の横顔は珍しく寂しそうに見えた。

「黒川さん」

「ん？」

「黒川さんのお母さん、お元気でしょう。何か贈ったりするんですか？」

黒川の顔がさっと青ざめた。

「忘れてました……まずい」

「えっ、ああ、大丈夫ですよ、まだ一週間以上ありますし……」

「いやいや、これが結構……うーん……」

黒川は深刻そうな顔で悩み始め、バイトの桂に呼ばれても、最初は気づかなかった。


土曜日はお休みだった。

いや、正直に言うとシフトを調整してわざわざ休みをとった。

土曜日といえば、歩が店に相談に行く日だ。

千春は朝からそわそわして、結局、歩がユウと約束している時間の三十分前に家を出た。

別に、千春が店に行く用事はない。

（これはほら、たまたまお菓子をいっぱい買っちゃったから。だから……）

午前中に買い出しに行った時、通りがかった和菓子屋で、見慣れぬ菓子を見つけたのだ。白い部分と黒い部分が半分ずつくっついたような餅《もち》菓子で、木の葉の形に成形されていた。

この時期食べるお菓子で、べこ餅、というそうだ。

ユウも和菓子は好きだし、子どもの日は過ぎたが歩にも何かあげたい気持ちがあった。

なんだかんだと言い訳して、千春はべこ餅を抱えてくま弁へ向かった。

店の前でしばらく逡巡《しゅんじゅん》していると、後ろから声をかけられた。

「おねえさん？」

振り向くと、声の主である歩が、不思議そうな顔で立っている。

「や、やあ歩君。あのー……その、べこ餅って食べる？」

「え？　あ、はい……」

「えっと……」

君が心配で、と言うと、この少年の自尊心を傷つけそうな気がした。

「あの、ユウさん……あ、ユウさんって店員さんね、ほら、背の高い若い人。ユウさんもここの和菓子屋さんの好きだから、差し入れしたくて。いつも忙しそうだけど、今はどうかなあって……」

「そうですか……」

我ながら白々しい。心なしか歩も疑わしげな顔をしているように見える。

千春は結局、ごめん、と謝った。

「実は歩君のこと気になって……」

「どうしてですか？」

「え？　いや、うまくいってほしいなって。だって、母の日にパーティーなんて素敵だなって思うし、歩君、お母さんのこと大好きなんだなって……」

「そういうのじゃないです……」

「？」

どうして否定するのだろうか。照れているというのとも違う感じがする。歩の表情は暗くて、何か言いたげにも見えた。

「どうしたの？」

「僕、別に、良い子とかじゃないんです」

「でも、お母さんに日頃の感謝を伝えたいんだよね？」

「それはそうなんですけど、でも、本当は……」

ごく小さな声で、歩は言った。

「お母さんに、嘘吐いていることがあって」

「嘘……」

「嘘っていうか。なんか、ごまかしちゃったっていうか」

「この機会に、それを謝りたいってこと？」

「……お母さんになんかしないといけない感じがして」

罪悪感、だろうか。

歩は罪悪感を抱えていて、それを解消したくて母の日を祝いたいということだろうか。

「話、聞こうか？」

だが、千春がそう誘っても、歩は首をぶんぶんと横に振る。千春を警戒しているのか、言ったことを後悔しているのか、眉根《まゆね》を寄せ、強《こわ》ばった表情だ。

無理に聞き出すこともできない。

「じゃあ……」

千春は困ってしまって、手元の紙袋を見て、それを歩に押しつけた。

「これ、ユウさんにもあげてくれる？　一個は歩君の分ね！」

「え……」

「じゃ、頑張ってね！　話したいことあったら、相談乗るからね！」

千春は戸惑う歩にそう言って、店の方へ押し出す。

聞き出せないのなら、千春にできるのはもう応援するくらいだと思ったのだ。

歩はちょっと困り顔で千春を振り返り、紙袋を見て、尋ねた。

「あの……これ、何個入りですか？」

「五個入りだけど……」

歩は不思議そうに、おねえさんは一緒に食べないんですか、と尋ねてきた。

歩のおかげで千春も一緒になってくま弁の休憩室に上がらせてもらうことになった。

「べこ餅って、初めてです」

出されたべこ餅をしげしげと眺めて、千春は呟く。

「端午の節句に食べる餅菓子ですね。北海道や下北《しもきた》半島でそういう風習があるそうです。下北半島のべこ餅は、色鮮やかな花模様の入ったものもあって、端午の節句や法事で食べるそうですよ」

ユウがそう言ってお茶を勧めてくれる。

いただきます、と歩が丁寧に言って食べ始める。千春もそれに続いて、一口食べる。もちもちとした、見た目通りの食感だ。白っぽい部分は白砂糖、黒っぽい部分は黒糖が練り込まれているらしい。懐かしい、じんわりとした甘さがある。

「前回はばたばたしていてごめんね、歩君。三人前のお惣菜《そうざい》セットかパーティーセット、だったよね」

歩はユウに話しかけられて、慌ててごくんとべこ餅を飲み込んだ。

「はい」

「あっ、そういえばお父さんに訊《き》いてみた？」

口を挟んだ千春に向かって、歩は頷《うなず》く。

「はい。見本の写真を見せたら、美味《おい》しそうだし、お母さん、きっと喜ぶって言ってもらえたので」

「それじゃあ、予算と、内容の話をしようと思うけど、いいかな？」

おにぎりとお味噌汁《みそしる》くらいは歩と父親で作って、おかずになるお惣菜を用意したいという話だ。父親がお金を出してくれることになったとかで、歩が言った金額は三人前には十分なものだった。

「お惣菜は、どんなものがいいかな？　特になければ、お母さんの好きなものや嫌いなものを教えてもらって、僕がオススメするよ」

「お母さんは、好き嫌いは特にないと思います……」

歩はそう言って俯《うつむ》いた。ユウは小首を傾げて、彼をじっと見つめる。

「じゃあ、歩君は？」

「……僕も特にはないです！」

いつもよりちょっと大きめの声で、歩がそう答えた。なんだか怪しい。

「そう？」

「はい、もっと小さい頃は野菜は刻まないとだめでしたけど、今はもうなんでも大丈夫です！」

「そうなんだ！　すごいね」

「…………」

ユウに褒められて、歩は目を逸らしている。これは怪しいぞ、と千春は疑念を深くした。

だが、ユウはそれ以上追及はせず、メモに書き留めていく。

「じゃあ、嫌いなものはなし、と。好きなものは何かな?」

「僕はじゃがいもが好きです……お母さんはお肉が好きだと思いますけど、バランス良くっていつも言っているので、野菜も多い方がいいと思います」

「そう。おうちでは、普段どんなお料理が多いかな? 和食とか、洋食とか、中華とか、食材では?」

「なんでも作ってくれます。あの、前は塾弁も作ってくれてましたけど、最近色々忙しそうで、僕から頼んで買うことにしました。メニューも食材も色々で……あ……」

でも、じゃがいも料理はあんまり作りません。

ちょっと小さな声で、歩はそう付け足す。

じゃがいもはおかずにボリュームを出せるという利点があるが、火が通るまでに時間がかかるし、かといって調理後に冷凍したら食感が損なわれてしまう。

歩の母は忙しい人だというし、時間のない時にはちょっと使いにくい食材かもしれない、と千春は思った。

だが、次いで、いや待てよ、と心の中で別の考えが閃《ひらめ》く。

特定の食材を使った料理を作らない、というのは、別の理由もあるのではないか?

ユウが、千春のまさに考えていたことを口にした。

「そうなんだ。じゃあ、もしかしたらお母さんはじゃがいもがあまり好きじゃないのかな？」

「え？」

びっくりした顔で、歩が聞き返す。

「？　何かおかしい？」

「だって、あの……そういうことって、あるんですか？」

「食べるのが好きじゃないものは、あんまり作らないと思うよ」

「……いえ、あの」

歩は慎重に言葉を選んで言い直した。

「……大人も、嫌いなものってありますか？」

意外な問いに、千春は思わず声を上げた。

「えっ、そりゃある人もいると思うよ。勿論《もちろん》、人によるけど」

「あ。そうですよね、そっか……でも、お母さん、そんなこと言ったことなかったから」

歩はまだ信じられないという様子で呟《つぶや》いた。

歩の母が、子どもに自分の好き嫌いを言っていなかったとしても、納得できる話だ。子どもに好き嫌いをしてほしくない、嫌いなものを克服してほしいと思った時、自分にも食べられないものがあるなんて、言いにくいことだろう。

だが、何もそれを、部外者がばらすことはなかったのではないだろうか……。

突然今の状況に気づいて、千春は青くなって、小声でユウに囁《ささや》いた。

「ユウさん、あの、あんまりそういうこと言わない方がよかったんじゃ……だって、お母さんの威厳を傷つけてません？」

「嫌いなものもあるのが人間ですよ」

それにそのくらいで親の威厳は傷ついたりしないと思います、と真っ当な論が返ってきた。そうなのかな、そうだといいんだけど……と千春はまだ心配だ。

「ちなみに、歩君が外でじゃがいも料理を食べるのは、お母さんはなんて言うのかな？」

「別に、普通に……だめとは言いません」

そこで、歩は何か思い出した顔になって言った。

「前に、僕がフライドポテトを食べていたら、喉詰《のど》まらない？　って妙に心配されました……なんでって訊いたら、だって、じゃがいもってそういう食感だからって……」

喉に詰まる、食感……。

もしかして、お母さんは、じゃがいものその食感が苦手なのではないか？

「お母さん、もしかして本当にじゃがいもがだめなのかな。喉に詰まるのが嫌で、だから僕にもあんなふうに訊いてきたのかな……」

歩も同じような考えに至ったらしい。まだ半信半疑のようだが、一つ思い出せば他にも心当たりはあったらしく、眉間《みけん》の皺《しわ》が深くなっていく。

ユウが、歩を落ち着かせるような、優しい声で語りかけた。

「家庭で作らないだけなら、味が嫌いなんじゃなくて、じゃがいもを料理するのが好きじゃないだけかもしれないし、別に苦手だと決めつけなくてもいいんだ。ただ、もしも苦手だった場合でも、お母さんが食べやすいじゃがいも料理を作ってみたらどうかなって」

歩は驚いた様子で、目を丸くしてユウを見上げる。

「お母さんも、食べやすいじゃがいも料理……」

「そう。幸い、歩君が外食でじゃがいも料理を注文してもお母さんは嫌じゃないみたいだ。見るのも嫌ってわけじゃないなら、きっとお母さんも歩君も一緒に楽しめる食事ができるんじゃないかな。勿論、他にも料理は入れるから、お母さんがどうしてもじゃがいも料理がだめでも、美味しく食べられるはずだよ」

歩の母がもしも味以外の理由で――たとえば、加熱に時間がかかるなどの理由でじゃがいも料理を敬遠しているだけなら、惣菜《そうざい》セットに入れても問題はない。

問題になるのは、じゃがいもが苦手だった場合で、これはユウが食べやすく工夫してくれるという――だが、スパイスたっぷりの自作カレーを思い出し、果たしてそんな簡単に人は苦手を克服できるものだろうか、と千春は内心で危ぶむ。

特に、大人の好き嫌いは根が深い。

だが、歩は目をきらきらさせていた。

「お母さんも一緒に食べられたら、嬉《うれ》しいです」

千春はその顔にはっとする。

メニューを手に弁当を選んでいる時とか、じゃがいもおかきの話を聞いた時とかに、歩はこんな顔をしていた。

大好きなじゃがいも料理を食べられる、その上それを母と共有できるかもしれない——そう思って、彼は目を輝かせているのだろう。

「歩君とお母さんが二人とも美味しく食べられるお料理を作るね」

ユウは歩と目を合わせてそう約束している。

千春自身も直面したことだが、誰かの苦手が誰かの好きということは、ある。

ユウは歩のために、その問題を解決したいのだ。

それも、できる限り、誰も我慢せずに済むような形で。

千春には解決方法は思いつかないが、歩のきらきら輝く目を見ていると、なんとか良い方法が見つかってほしいと願わずにはいられなかった。

ユウのことだから、たぶん本当に大丈夫なのだろう、と思う。

とはいえやっぱり気になったのは、どういうふうに大丈夫なのかまったく想像できなかったからだ。

「いらっしゃいませ、千春さん」

二十一時頃に店に行くと、ユウはいつもの笑顔で迎えてくれた。

今日は母の日だ。千春は遅番と打ち合わせでこの時間になってしまったが、歩は昼前に店に来て、母の日用のパーティーセットを受け取っているはずだ。

「今日は来てくれるんじゃないかなと思っていました」

「どうしてですか？」

「歩君の母の日セット気になっているみたいだったので」

「……気になってますよ。お母さん、じゃがいも苦手みたいだったのに、大丈夫かなって……」

ユウはちょっと待っててくださいねと断って、冷蔵庫から何品か取り出して、お盆の上に並べた。小皿や小鉢に、少しずつ、じゃがいも料理が盛り付けられている。

「試食用に、多めに作っておいたんです。よかったらどうぞ」

「これ、歩君の？」

「取っておいてくれたんですか⁉　ありがとうございます……」

食べればわかる、ということだろうか？

小鉢には、色よく染まったじゃがいもが、にんじん、肉、いんげん、しらたきなどとともに盛り合わされている——肉じゃがだ。

さらにコロッケの皿とポテトグラタンの皿も隣に並ぶ。

「じゃあ、あの、いただきます」

よく味が染みていそうな肉じゃがのじゃがいもを、まずは一口。

「…………⁉」

思いの外、しっとりしている。ほこほことした喉につまるような感触がない。

千春は続いてコロッケに箸《はし》を伸ばした。さくっと箸で割って一口大にして口に運ぶ。しっとりしているが、単に水分が多いのとは違う気がする……新じゃがなんかは水っぽく感じることもあるが、これはそういう感じはない。グラタンは細切れにした牛肉が中から出て来てボリュームもたっぷりだ。肉の旨みがマッシュポテト部分にも染み込んでいる。クリーミーで美味《おい》しいが、じゃがいもというのはもっとほこほこしているもののような気がしていた。品種が違うのだろうか。

「美味しいんですけど、これ、なんだか、自分の知っているじゃがいもと違うような気がします……？」

「これは冬期に雪室《ゆきむろ》で長期保存されたじゃがいもです」

予想外の答えだった。

同じじゃがいもでも男爵とメークインは全然違う。これも千春の知らない新しい品種か何かかと思ったら、長期保存？

「でもそれって、傷んだり、芽が出ちゃったりするんじゃないんですか？」

「中には表面に皺が寄ってしまうものもありますが、低温で長期保存することにより、デンプン質が糖に変化するそうです。つまり甘みが増し、デンプン質によるほこほことした食感は薄まり、煮崩れもしにくくなります。じゃがいもは品種によって色々な特徴があり、料理ごとに使い分けることも可能ですし、人によっては好みもあるでしょう。今回はじゃがいもの喉に詰まるような食感が苦手と推察しましたので、こちらの雪室じゃがいもをご用意いたしました」

「雪室じゃがいも……！」

そういえばキャベツなんかも雪の下で低温で保存しておくことで甘みが増すと聞いたことがある。もう一度肉じゃがを食べてみる。厚めに切られたバラ肉の脂が、いもと一緒に口の中で溶けていく……肉に負けないしっかりしたいもの味を感じる。

「確かに、甘みが強いような感じはします。でも、お砂糖の甘みって感じでもなくて」

「味をつけてしまうとわかりにくいと思いますので、よかったらこちらもどうぞ」

ユウはそう言って、まだ湯気を上げている蒸し器から、あつあつの蒸《ふ》かしたじゃがいもを取り出して、バターを添えて出してくれた。

割ったじゃがいもの間に、バターがとろけて落ちていく。

バターを塗りたくるようにしたいもにそのまま齧《かじ》り付く。

しっとり、ねっとりとした食感、それに——なんというか、本当に甘い。お菓子の甘さではない。野菜の、じんわりと舌に広がる優しい甘さだ。それがバターの塩気によって引き立てられ、口いっぱいのじゃがいもがバターと一緒にすっと消えていくようだ。

飲み込み、千春は呆然《ぼうぜん》と呟《つぶや》いた。

「ほ……本当に甘いですね。美味しいです……」

いも系の甘さだが、普段食べるさつまいもよりさらに甘みを感じる。

「これならそこまで喉《のど》に詰まる感覚はないと思いますし、味付けもしっかりおかずになるようにして、お肉と一緒にたくさん召し上がっていただけるように調理しています。苦手な方でもできるだけ食べやすく、というのを心がけてみました」

「なるほど……」

じゃがいも自体が甘いせいか、味付けは醬油が強めでそこまで砂糖の甘みは感じない。おかずとしても無理なく食べられそうな気がする。

じゃがいも大好きな歩は勿論《もちろん》喜ぶだろうし、母親の方も、少しは食べられるかもしれない。

「……じゃがいもって、苦手な人いるんですね。あ、いえ、歩君のお母さんが苦手って決まったわけじゃないですけど」

「そうですね、苦手な食べ物があるのは珍しいことではありません。この盛り合わせからこのおかずだけ抜いてくれという注文はたまにあります」

「そういうこと言われた時って、残念だなあって思いません？　美味しいと思って作っているのに……」

「仕方ないことです。僕は、苦手なものも好きなものと同様に尊重したいと思っています。その人の一部だと思いますから」

「でも、今回はじゃがいも料理を入れちゃったんですね」

「今回は歩君がじゃがいも料理が大好きなので、できれば入れてあげたくて……」

ユウはちょっと申し訳なさそうな顔でそう言う。

「幸いじゃがいもは匂いがきつい食材ではありませんし、一緒に詰めても他のものには影響ありません。食べられないなら箸をつけないという選択肢もあります。でも、入っていなければ、そもそも食べられないんです。歩君が大人ならよそで食べればいいという話になりますが、まだ子どもで、家庭での食事の比重は大きい。こういう機会でくらい、食べさせてあげたいなと思ってしまって……」

確かにじゃがいもの匂いが他について気になるなんてこともないだろう。母親も、歩が外食などで食べる分には特に問題ないようだし、少なくとも、見るのもいやというわけではないはずだ。

「じゃがいもが苦手でも、できるだけ食べやすくというのを目指してみました。少しでも克服できれば、歩君がおうちでもじゃがいも料理を食べられるようになるかもしれませんし。それでも、苦手な人は見た目でもうダメなこともあるので、気に入っていただけるかはわかりません。いも料理以外も色々詰めましたし、そこで口直ししていただければいいのですが」

じゃがいもが大好きな歩も、苦手らしいお母さんも、どちらもできるだけ楽しめるように。そういう願いを込めて作ったのだろう。

「あ、そういえば、千春さんは知ってますか？　歩君が買わないお弁当の法則」

「え？」

ユウは写真入りの数枚のメニューを出してきた。くま弁では日替わりメニューが多いから、メニューは毎日新しく作られている。数日分のメニューを前に、ユウは説明した。

「歩君はじゃがいも料理が入ったお弁当を注文することが多いのですが、じゃがいも料理が入っていても注文しないこともあります。たとえば先週は、ポテトサラダが入っていたこのポークチャップ弁当ではなく、親子丼弁当。肉じゃが弁当ではなく、オムライス弁当。それに、今週はフライドポテト入りのスタッフドピーマン弁当を注文しないで、ロコモコ弁当を注文していました」

「んん……？」

法則と言うからには、買わなかった弁当には何か共通点があるはずだ。千春は三枚のメニューを見比べる。

ポークチャップ弁当は、昔懐かし洋食屋さんの味という感じで、ソテーした豚肉をトマト味のソースに絡めたもので、炒《いた》めたピーマンと玉ねぎが添えてある。付け合わせはブロッコリーにポテトサラダ。肉じゃが弁当はオーソドックスな肉じゃがに、ほうれん草の白和《しらあ》えと明太子《めんたいこ》入りの玉子焼き。スタッフドピーマン弁当は、いわゆるピーマンの肉詰めをメインに、フライドポテト、にんじんと水菜とほうれん草のサラダが付け合わせ。

「……共通するものって……あ、ほうれん草？　とピーマン……でも全部に入ってるわけじゃないですね」

「どちらも苦手なんだと思います。それに、ブロッコリーも避けられることが多い気がしますね」

ほうれん草、ピーマン、ブロッコリー。どれも緑色でビタミン豊富な野菜だ。

「……だとすると、結構ありますね」

「わからないだけで、たぶん他にも。でも、好物のじゃがいもが入っていても苦手なものが入っていれば買わないということは、そもそも残すのが嫌なんだと思います」

なるほど。好物だけ食べて嫌いなものを残せばいいと考えているのなら、気にせず好物の入っている弁当を選ぶはずだ。

「お弁当を残すというのは、残念ながらそのままゴミとして捨てるというのと同じことです。持ち帰っても、傷んでしまいますから。それは心苦しいと思ってしまうのかも」

「それってある意味偉いですね、いや、好き嫌いはしていますけど……」

ユウは、そこで皿に残っていたコロッケとポテトグラタンを指差した。

「というわけで、こちらは歩君仕様になっています」

「…………あ！」

千春はユウの意図に勘づいて、コロッケとグラタンを崩して中身を確認した。肉に混ざって、緑色のものが見える。

「コロッケの方はピーマンのみじん切り、グラタンの方はほうれん草のペースト入りです」

「ああ……なるほど、こちらも食べやすくということですね」

「はい。歩君は昔は刻まないと食べられなかったと言っています。つまり小さい頃でもみじん切りなら食べられたのです。おそらく食材がそのままの形で出てくるのが苦手だから避けているのだと思います。うちのお弁当でも、緑黄色野菜入りのドライカレーは注文していましたし。ですからペーストにしたり、みじん切りにしたりして、食べやすくしてみました」

「……お母さんも、歩君も、美味《おい》しく食べてくれてたらいいですね」

「ええ」

そこで彼は千春を見つめて、躊躇《ためら》いを見せながらも言った。

「あの、千春さんも……」

「?」

だがそのとき、自動ドアが開いて、客が入ってきた。

かつてのような混雑は減ってきたとはいえ、この時間はまだ客も来る。千春は我に返って、新しい客のためにカウンター前からどこうとした。

「あ、おねえさん」

この時間帯には聞かない子どもの声。

千春が驚いて振り返ると、歩が四十前後の女性と一緒に店に入ってきたところだった。大きな目とショートカットが印象的な女性で、ユウを見て頭を下げた。

彼女は想像通り、歩の母だと名乗った。

歩の母はユウに歩がいつもお世話になっていることと、母の日セットの礼を言い、笑顔でとても美味しかったと感想を伝えた。

それを脇で聞いていた千春は、あれ、そういえばじゃがいも料理はどうだったのかな……と気になった。

「飾り切りもとっても綺麗《きれい》で！　見た目も華やかで素敵でした」

「それはありがとうございます」

ユウと母親が話している間に、千春の方にやってきた歩は、こそこそと彼女の耳元に囁《ささや》いた。

「お母さん、じゃがいも料理も食べてたよ。美味しいねって。苦手なんてこと、きっとないよ」

「そっか……」

それはそれで母の威厳が保てて良かったのかな？　と千春は思った。

ユウと母親はにこやかに会話を続けている。

「優しい息子さんですね」

「そうなんですよ、私にはもったいないくらいで。でも、最初に外で買うから作らなくていいよって言われた時は、私もびっくりしてしまって、心配でもあったんですが、こちらのお弁当いつも買っていると教えてくれて、あら、ここならよかったわって。保存料なんかも使わないし、お野菜も多いし」

千春はもじもじしている歩の脇をつついた。

「すっごい褒められてるね、歩君」

「恥ずかしいよ……」

「自慢の息子なんだよ。実際、優しいと思うよ、歩君」

「…………」

なんだか歩は気まずそうだ。恥ずかしいのかと思ったが、どうもそれだけではないようにも見える。

「…………どうかした？」

ユウと母親はこれからもよろしくお願いいたしますとお互いに言い合っているから、そろそろ挨拶《あいさつ》も終わりそうだ。

歩は難しい顔で俯《うつむ》いている。

「……やっぱり、お母さんのお弁当がいい……とか？」

千春は母親に聞こえないよう、小声で尋ねた。

歩は首を横に振る。

「そうじゃないけど、そうじゃなくて……」

いつもどこか遠慮がちで、あまり自分のことを話さない歩だが、何か言いたいことがあるらしい。

そういえば、いつかも彼はこんな顔をしていた。

そうだ、あれは、先週の土曜日、くま弁の前で会った時だ。母の日を祝う理由を、歩なりに説明しようとして、でも、結局全部は話してくれなかった。

つん、と千春は歩の脇をつついてみた。

見上げてくる歩と目を合わせて、言う。

「……言ってみたら？」

歩は一瞬何故だか泣きそうな顔をして、それから唇を引き結んで頷《うなず》いた。

「僕、お母さんが言うほど良い子じゃないよ」

それまでよりも、はっきりと、歩は言った。

聞きとがめて、母親が振り返る。

「歩？」

「僕、お母さんのために外で買うって言ったわけじゃないよ。そうじゃなくて……」

歩は言いにくいのかいったん口を閉じてしまう。

だが、顔を歪《ゆが》めながらも、もう一度口を開いた。

「ブロッコリーもピーマンもほうれん草も嫌いだから、外で買えば好きなもの食べられると思ったんだ」

母親はしばらく啞《あ》然《ぜん》とした顔で歩を見つめ、それから、訝《いぶか》しげに眉《まゆ》をひそめて尋ねた。

「でも、あんた、緑の野菜食べられるようになったって言ってたじゃない」

「そうだけど！　でも、そう言ったら、そのままの形で料理に入れるようになったから、それはあんまり好きじゃない……」

「ええ!?　だって、食べられるっていうから……毎回みじん切りもしんどいし……」

わかる、と千春は思った。ほうれん草をパンケーキに混ぜようかなと思ってみじん切りにしたことがあるが、あれは結構面倒くさい。繊維を断つように繰り返し包丁を動かし、いい加減いやになってきた頃にやっと細かくなる。

息子からもう平気だと言われ、じゃあそのままでも食卓に出せるなと考えたのだろう。

「……ちゃんと好き嫌いしないで食べないといけないって、そうじゃないと大きくなれないよって言われて……頑張ったけど、でも、お弁当にも入ってるから、もういやになっちゃったんだ。それで、お母さんが忙しそうだからって言って、お弁当外で買うよって……」

「そうだったの……」

まだ呆然《ぼうぜん》とした様子の母親に、歩は謝った。

「ごめん」

「…………」

母親の方は、ショックのような、呆《あき》れているような感じだ。

彼女はため息を一つ長々と吐いた。

「お母さん、わからなかった。そういうのは、言ってくれないと」

「だってやっとみじん切りから解放されたってお母さん喜んでたから……」

「……そうね、そうなんだけどね」

「ごめんなさい……」

「嘘とか、ごまかしとか、そういうのはだめよ。いつも言ってるでしょ」

「うん……」

「じゃあ、あとでまた話そう」

そこで母親はユウと千春に頭を下げた。

「すみません、お恥ずかしいところを……」

「あっ、いえ……」

罪悪感からの行動もあったとはいえ、歩が優しくてお母さん思いなのは本当のことだ。千春はなんとかフォローしたい気持ちがあって、言葉を続けた。

「あの、歩君、最初は嘘を吐いちゃったわけですけど、ちゃんと自分から正直に訂正できるのって偉いですね。私も苦手なものってありますけど、恰好《かっこう》つけたかったりして、なかなか言えないこともあるので……」

ふと、歩が千春を見上げて、不思議そうに尋ねた。

「おねえさん、苦手なものあるの？」

「あっ……………」

ユウの前でそれを言うのは憚《はばか》られた……でも、歩だって母にちゃんと言えたのだ。食生活の好みは大事だ。ユウだって、嫌いなものもあるのが人間だと言っていた……。

千春はユウと母親の視線を感じながら、引きつった顔で答えた。

「か、辛口カレー……」

「……………」

歩はしばらくぽかんと口を開けて千春を見上げ、それからびっくりした様子で言った。

「辛口カレー？　大人なのに？」

「大人でも辛口カレーがだめな人はいるんだよ……」

「……そうなんだ！」

まじまじと千春を見つめていた歩が、突然ぱっと笑顔になった。

「変なの！」

目をきらきらさせて、面白がるような口調でそう言う。ものすごく正直な感想だ。今まで遠慮がちでおとなしい印象が強かった歩の、子どもらしい素の部分が出たように見える。

「こ、こら、歩！」

「いえいえ、いいんです」

「お母さんは？」

「え？」

歩が、純真そうな目を母親に向けた。

「お母さんは、苦手なものってないの？　なんにも？」

「それは……」

嘘とか、ごまかしとか。

そういうのはだめだよという自分の最前の言葉に、彼女は一瞬とらわれたのだろう。

返答はすぐには出てこず、歩も何かを察してしまったようだ。

心配そうな歩は、母親を励ますように言った。

「お母さんに苦手なものがあっても、僕、別に笑ったりしないよ」

私の時は笑ったじゃないか……と千春は内心で思った。いや、大人なのに辛口がだめというギャップがおかしかったのだろうが。

しばらくして、母親は小さな声で呟《つぶや》いた。

「……じゃがいも……」

「じゃがいも……」

まだちょっと信じられないような、呆然とした声で、歩が繰り返す。

「でも、今日肉じゃがとかも食べてたよ。あれは我慢してたの？」

「あれは……食べられたけど、普通のはあんまり好きじゃない、かな……」

食べられたという表現からして、苦手意識が払拭《ふっしょく》できたわけではないのだろう。まあ大人の好き嫌いは根が深いだろうから、仕方ない。

「それで、うちではあんまりじゃがいも料理出なかったの？」

「ごめんね……」

「………」

歩はしばらく黙って何か考え込んでいたが、顔を上げて、じゃあ、と提案した。

「僕、緑の野菜もっと頑張るよ。みじん切りも自分でするし、みじん切りじゃないのも食べられるように頑張る。お母さんも、時々でいいから、じゃがいも料理作ってくれない？」

母親はちょっと困り顔をしたあと、屈《かが》み込んで歩と目の高さを合わせた。

「わかった。まずは歩のお弁当に入れてみようか。お母さんも頑張って食べてみる。歩だけに好き嫌いなくしなさいなんて、ずるいよね。黙っててごめんね。今度、一緒にお料理しよう？」

「うん！」

歩はそう言って今まで千春が見た中で一番の笑顔を見せた。

歩と母親は、騒がせたことを詫《わ》びて、玉子焼きを買って帰っていった。

「おやすみなさい！」

元気よくそう言って、歩は手を振ってくれた。

お弁当はまた母親が作ってくれるようだし、店で顔を合わせることもなくなってしまうのだろうか。

歩くらいの年頃は、すぐに大きくなってしまう。背が伸びて、がっしりした体つきになって、そうして声変わりをして。中学校の制服なんて着ていたら、きっと誰だかわからない。

「寂しそうですね」

ユウに指摘されて、千春は否定もできずに微笑んだ。

「まあ、そうですね。でも、ユウさんこそ、常連さん逃がしちゃったんじゃないですか」

「きっとまた来てくれますよ。塾弁はお母さんが作ってくれるとしても、うちには玉子焼きがありますから」

「玉子焼き！」

すごい自信だが、確かにその通りだ。ふわふわとした食感、優しい卵の味が引き立つ甘めの味付け、だしの香り……忘れようとしても、忘れられないものがある。きっと、またあの親子は来てくれるだろう。千春もまた会えるかもしれない。

そうならいいなあと思う。

「ありがとうございます」

「えっ？」

「歩君が、お母さんにちゃんと話せたことです」

「ああ……」

「歩君、千春さんには気を許しているんでしょうね。お母さんとちゃんと本音を言い合えて、歩君のためにも良かったと思います」

千春が促した形になったが、歩は元々何か言いたげだった。千春は本当に、ちょっと背中を押しただけだ。

「いえ、私は何も……歩君もお母さんと一緒にごはん食べて、何か思うところがあったみたいだし。私はただ、歩君が何か言いたそうだなって思ってて……」

千春はごにょごにょと呟いて言葉を切った。

にこにこ笑っているユウを見ていると、自分があれこれ言うのがおかしく思えてきた。ユウはこう言ってくれたのだ、ちゃんと受け取っておこう。

「……どういたしまして」

千春がそう言うと、ユウが優しく笑いかけてくれる。

「千春さん、今日のご注文はどうします？」

「！　そっか、今日はまだでしたね、忘れてました……」

今日は取り置き予約もしていなかった。メニューを見せてもらうが、日替わり弁当は売り切れている。定番弁当の中だと、どれがいいだろうか……。

「うちのカレー弁当は平気なんですよね？」

ユウにそう確認されて、先ほどの自分の発言を思い出す。

辛口カレーが苦手だと、告白したばかりだった。

「……好きです、くま弁のカレーは大好きです」

「よかった」

「……よくないです、辛口も食べられるようになりたいです……」

「無理することないですよ」

「別に無理なんて——」

と言いかけて、千春は勘づいた。

「黒川さん何か言ってました!?」

「ええと、まあ、そうですね……」

ユウは視線を逸らしながら答えた。

「辛口カレーを克服したくて自炊したというところまでは……」

「……お恥ずかしいです……」

思わず顔を手で覆う。自分の頬が熱いのが伝わってくる。

「カレー、結局全部食べ切れました?」

「まだ一食残ってます……」

「じゃあ、今度ください」

「えっ——」

千春は顔を上げてユウを見る。彼は本気のようだった。

「いや、その……でも、ユウさんに食べていただくような出来では……」

「無理して食べるのはよくないですよ。僕なら好きだから大丈夫です」

真面目にレシピを見て作ったし、別に変なものではない。

だからといって料理を本職とする人に食べさせるような代物ではない気がする……。

「食べたいです。ください」

にこりと笑顔で頼み込んでくる。そんなふうに笑顔で迫られると、千春もどうにも断りようがなくて、目を逸らして、はあ、と呟くので精一杯だ。

「ありがとうございます！　楽しみにしてますね」

輝くばかりの笑顔で言われて、ちょっと不安になってくる。

「……ユウさんは、どうなんですか」

ユウを見上げて、恐る恐る尋ねてみる。

「私のカレー食べるとか、私と二人で出かけるの、無理してないですか……」

「無理はしてないです」

その焦ったような表情に、千春は何か勘づいてしまった。

「無理してますよね……？」

「カレーは純粋に食べたいですし、千春さんと出かけるのも無理では全然ないんです！」

いっそう焦って、困って、ユウは、ただ、と言いにくそうに続ける。

「あの……この間みたいな映画、ちょっと苦手で……」

「！　そうだったんですか!?」

「血がたくさん出るのが……ちょっと……」

「すみません、アクション映画とかばんばん観てるから気にしない方だと思っていました……」

「そうですよね……」

観たのはホラーとかスプラッタとかまではいかないが、ちょっと気軽に流血するコミカルなアクション映画だ。どちらかというと、アクションとかSFとかが好きなユウの好みに合わせたつもりだったし、思いの外純愛もので面白かったから千春は満足していたのだが……。

「ごめんなさい、気づかなくて」

「いいえ！　言わなかった僕が悪いんです」

そう言ってもこちらを気遣ってくれてのことだろうし、ユウの様子から気づけなかった千春は落ち込んだ。

結局、この前のデートはお互いに無理をしていたということだ。

食の好みは重要だ――そして、趣味も。一緒の時間を過ごすなら、相手を気遣いたいが、そもそも相手について知らないと、できることにも限度がある。

しなくていい我慢を、お互いにさせていた。

「今度からは、ちゃんと言うようにしましょう」

ユウが落ち込む千春にそう声を掛けた。

「今度から……」

ふとユウの言葉に引かれて顔を上げると、彼は千春を見てはにかむように笑っていた。

『今度から』もあるんだ、という事実が染みてきて、千春の表情も明るくなる。

「はい、あの、じゃあ、今度から、言うようにします。ユウさんも、無理しちゃダメですよ」

「わかりました」

ユウはおかしなくらい神妙な顔つきで頷《うなず》いた。

それから、お互いにどちらからともなく相好を崩し、笑い合った。

「それで、本日のご注文は何にしますか？」

「えーと……じゃあ、」

甘口カレーで。

そう言うと、ユウもとろけるような笑顔で答えてくれた。

「かしこまりました」

すぐにカレーの匂いが漂ってきて、さっき試食したばかりの千春のおなかがぐうと鳴った。

•第三話• ジンギスカン騒動

常連客にも色々いる。

千春もくま弁に通うようになってもう一年半以上経ち、定期的に店を訪れる客の顔を何人か覚えていた。

黒川のように社交的で他の客と親しく言葉を交わす人もいれば、何度顔を合わせても特に挨拶《あいさつ》を交わすことのない相手もいる。というか、普通は後者の方が多い。

言葉を交わすことがなくても印象に残る相手も、何人かいる。

その一人が、長い黒髪が綺麗《きれい》な、二十歳前後くらいの女性客で、大抵は二十二時頃、スーツ姿で現れる。

どうして印象に残るかというと、若い女性客というのはくま弁では珍しいし、彼女の注文の仕方もまたちょっと変わっていたからだ。

「焼き鮭弁当一つお願いします」

今日も店に入った彼女は、カウンターの前に立つと、まったく間を置かずにそう注文した。メニューを見たり、ましてや迷ったようなそぶりを見せることはない。

実は彼女は曜日ごとに注文する弁当が決まっていて、まったく変えることなく正確に同じ弁当を注文するのだ。木曜日は焼き鮭弁当だし、日曜日ならチーズハンバーグ弁当。その法則には千春も最近気づいた。

そして千春が悩んだ末に彼女の後で八種の野菜の酢豚弁当を注文する間に、もう一人来店した。

今度も二十代前半くらいの若い男性客で、こちらは茶色に染めた髪があちこち撥《は》ねている。無造作ヘアのつもりだろうが、スタイリングのせいで寝癖にも見える。服もラフで時々シャツの裾《すそ》が出ていたりするのに、何故か顎髭《あごひげ》は綺麗に整えられている。

彼もまた印象に残る常連の一人だ。

「こんばんはあ」

へらっと笑って、彼は店員のユウに挨拶する。

そしてユウの背後をちらっと覗《のぞ》き込み、彼が酢豚弁当の準備をしているのを見て、こう言う。

「あっ、酢豚美味《おい》しそう。それください」

そう。

彼は、だいたい、『前の客が注文した弁当』を注文するのだ。

かしこまりました、とユウも笑顔で答える。

店の隅の丸椅子に座っていた千春は、今日も法則が守られたことを確認して、意識を手元の雑誌に戻した。

そのとき、男性客——橘《たちばな》という——が、もう一人の女性客——佐倉《さくら》に気づいて声をかけた。

「あ、佐倉ちゃん。こんばんは！」

おや、この二人は知り合いだったのか、と千春も気づいて、思わず女性誌の映画短評から目を上げる。なんだか不思議な取り合わせだなと思った。

佐倉と橘は、来店時間こそ似ていたが、まったく正反対のタイプに見えたのだ。

「どうも」

佐倉の方は無愛想に頭を下げてそう言っただけだ。

「あの、佐倉ちゃん、この間の……」

橘が何か言いかけたが、その言葉を遮るように、佐倉が突然ドリンクコーナーのお茶を取って、どんとカウンターに置いた。

「これも一緒に会計お願いします」

「かしこまりました」

……千春からは、佐倉の背中しか見えなかったが、なんだか恐ろしい、近寄りがたい雰囲気が出ている気がする。

「…………」

佐倉に話しかけようとしていた橘も、手を中途半端な高さに上げたまま、引きつった形に口を開いているだけだ。

「お待たせいたしました。焼き鮭弁当とお飲み物で六百五十円になります」

さすがにユウはいつもの態度を崩さず、温和な笑みとともに接客している。

「どうも」

佐倉はいつになくぶっきらぼうにそう呟《つぶや》いて、会計を済まして店を出て行った。

橘は、ようやく諦《あきら》めたように手を下ろした。しょんぼりとして肩を落とし、濡《ぬ》れた捨て犬みたいに、毛先までしんなり元気を失ったように見える。

千春はいったいなんなんだろうとユウを見やった。常連たちのことを、千春よりは知っていそうだと思って。

だが、接客中のユウは柔和な笑顔を崩さない。

そのうちに八種の野菜の酢豚弁当ができて、千春もユウと二言三言交わして店を出ようとした。誰もいなければもう少し話せるのだが、こんなふうに他に客がいると、やっぱり邪魔になりそうで、このくらいが関の山だ。

それでも週に何度か顔を合わせられると、そのたびにちょっと気持ちが落ち着く。

「はあ……」

自動ドアの音に混じって、橘のため息が聞こえてきた。外に出た千春がちらりと見ると、ユウが橘に何か話しかけているところだった。

(何かあったのかなあ)

そして、千春も家路につこうとくま弁の袋片手に歩き出した。

店内から漏れる明かりの一歩外に、髪の長い女性が幽霊か何かのようにぼんやり立っていた。

千春は暗がりにいた彼女に最初気づかず、ゆらりと動くものがあるのを見て、思わず声を上げて飛び退《の》いた。

「ひえっ」

千春の声に驚いたのか、相手もびくっと震えて千春を見た。それから、あ、とか細い声を上げげた。

「こんなところで道を塞《ふさ》いでいてすみません……」

「い、いえ、こちらこそ、変な声出しちゃって……」

それは、千春より先に店を出たはずの佐倉だった。

千春は彼女をまじまじと見て、その先ほどとの変わりように驚いていた。

いつも姿勢良くぴんと背筋を伸ばしている彼女が、今はうなだれて、元気がない。

「だ、大丈夫ですか？　あの、具合でも悪いんじゃ……」

「大丈夫です」

その声はか細くて、とても大丈夫そうには思えない……。

佐倉は千春に背を向けると、とぼとぼと歩道を歩き始めた。

千春ははっとして、声をかける。

「あの、もしかして、橘さんのこと待ってたんですか？」

「！」

佐倉は息をのんで千春を振り返る。見開いたその目が揺れていて、図星だったとわかる。

先に出たのに路地の暗がりで立っていたのは、橘を待っていたからだ。そこへ千春が来てしまって、決心が鈍ったか、帰ろうとしたのだ。

「あの人何か言ってましたか……」

「え？」

だが、力なかった佐倉の声に、何故か力が戻っている。

彼女はまなじりをつり上げ、キッと千春を見据えて言った。

「橘さんは何か言ってましたか⁉」

「さ、さあ……？」

摑《つか》みかからんばかりの佐倉に気圧《けお》されて、千春は思わず、一歩後ずさった。

その後我に返った佐倉は失礼な態度をとってしまったことを丁寧に謝ってくれたが、結局千春には何がなんだかわからなかった。

多少なりとも事情がわかったのは、それから三日後のことだ。

その日いつものように二十二時頃店に着いた千春は、先に来ていた佐倉から、声をかけられた。

最初に三日前の行為を謝った佐倉は、千春に相談したいことがあると語り、弁当ができあがるのを待つ間、ちょっと話すことになったのだ。

その話の中でわかったのだが、橘と佐倉は、ゴールデンウィークに二人で梅を見に行ったらしい。

(デートだ!)

と千春は思ったが、佐倉は頑《かたく》なにデートという言葉は使わなかった。二人で会った、とだけ言っていた。

「でも、喧嘩《けんか》になってしまったんです。それで、私のことで橘さんが店で何か言って、それを小鹿さんも聞いたのかと……」

「いえ、私は何も聞いてません……」

「ええ、そうですよね。ごめんなさい。私の様子がおかしかったから、気にしてくださっただけなのに」

「まあ、私もお節介が移ったというか、余計なお世話かなとは思ったんですが、つい……」

「移った？」

「あ、いえ、なんでもないです」

佐倉と千春は店の隅で並んで丸椅子に座り、小声で話し合っていた。すでに桂は帰って、ユゥが残って調理をしているが、こちらの話は聞かないようにしてくれている。

「それで、あの、実はご相談というのは、こういうことは、小鹿さんがいいと……」

「えっ？」

「小鹿さんなら、れ、恋愛関係の相談に乗ってくれると伺って」

「……それ、どなたから……」

「黒川さんです」

「…………」

千春は頭を抱えたくなった。

自分の恋愛（？）さえ足踏み状態なのに、どうして他人の恋愛相談に乗れるというのだろう。いや、おそらく黒川のことだから、問いただせば、他人の恋愛事情を通して自分たちを見つめ直せるかもしれないでしょ、とか適当かつもっともらしいことを言ってくれるのだろう。

黒川は誰にでも親しく接する。佐倉によると、佐倉と橘の関係が最近おかしいと気づいた黒川は佐倉に声をかけ、悩みを聞いた彼はそれなら千春に相談してみるといい、と助言したらしい。同性同士だし、話しやすいからと。

「先日は本当にすみません。あの、私、彼への気持ちがわからなくなっていて。初めて二人で出かけたのに、すごい喧嘩になってしまって、これからもやっていけるか、自信がなくなって……」

「う、うん」

相槌《あいづち》を打ちながら、千春もなんとなくそれは想像できた。端で見ていても、二人は正反対の人間に見えた。

「こういうこと相談できる人、他にいないんです。あ、いえ、友達には実はもう相談したんですけど、みんな、言うことが同じで……」

じわ、と佐倉の目に涙がにじむ。それで、なんとなく千春も内容を察しながら、尋ねた。

「お友達は、なんて……」

「その男は絶対合わないから諦めろって」

だろうな。

とは思ったものの、千春はとりあえず話を聞くことにした。

佐倉りょう子は大学三年生で、塾講師のアルバイトの帰りにいつもくま弁に寄る。

橘謙太《けんた》は写真スタジオで働くカメラマン見習いの二十二歳。

二人は元々来店時間がほぼ同じだったが、佐倉がたまたま行った写真展で出展していた橘と遭遇。その帰りに喫茶店で話し込むうちに盛り上がり、親しくするようになった。

佐倉は植物観賞が好きで、植物をよく被写体に選ぶ橘とは趣味が合った。なんとなく気恥ずかしくて店では話せなかったが、店を出る時はどちらかが待っていて、帰りは一緒に帰ることが習慣になった。

そして日々の別れ際にもっと話したいと思うようになった頃、橘から誘われて、梅園に行くことになった。

北海道の梅の季節は遅く、札幌ではだいたい四月末か五月頭くらいから梅と桜が一緒くたに咲き始め、ゴールデンウィーク中くらいに満開になる。

佐倉は何事も細かく計画を立てる人で、その初デートにも綿密な調査と下準備をして臨んだ。バスの時間、売店の位置、盛りの品種、混雑状況。夕食を食べる店も予約した。

だが橘はそもそも待ち合わせに遅刻してきたし、ろくすっぽ園内の地図も把握していないのに佐倉を引っ張って連れ回し、迷った挙げ句に食べかけの梅ソフトを佐倉に預けて写真撮影に没頭しだした。そのせいで溶けたソフトクリームで佐倉のスカートも手もべたべたになり、さらに梅を撮りたいと言っていたはずなのに何故か梅園に隣接する森に入って特に花も咲いていない木を撮り、やっと盛りの梅を見た時にはもう日も暮れていた。

そして極めつけに、ふらふらいなくなる橘を探しているうちに、店の予約時間に遅れた。

他人が遅刻して自分が待たされるのは、まだ耐えられる。

だが、自分が他人のせいで遅刻するのはどうしても許せない。

結局、予約の店に着いた時には佐倉の忍耐は限界に近く、そこで橘がすでにメニューが予約されていたことに一言意見しただけで、堪忍袋の緒が切れた。

佐倉は食事の代金を払うと、橘を置いて、怒って店を出てしまった。

一通り話を聞いた千春は、ああ、無理だあ……と思ってしまった。

佐倉はこれまでの印象通り、きっちりした、計画的な人間で、橘はその反対、計画なんて放っておいて、面白そうなものがあればそちらに飛びつく。これでうまくいくわけがない。

「それで、佐倉さんは橘さんのことどう思ってるんですか……？」

千春はおそるおそる訊《き》いてみた。

「それがわからないんです……」

佐倉は落ち込んだ様子で答えた。

「橘さんと話すのは好きなんです。写真のこととか植物のこととか、季節の花のこととか……それ以外も橘さんの話は新鮮で、橘さんも私のつまらない話を真剣に聞いてくれるし……会うたびに、もっと話していたいとか、一緒に……いたい、とか。思うんです……けど……今回のことで、うまくやっていける自信をなくしてしまって……」

「うん……」

たぶん、普通なら、やっぱり合わないからさようなら、で終わるはずだ。

それなのに、佐倉は橘にこだわっている。こうして大して知りもしない千春に相談してまで、『諦《あきら》める』以外の答えを求めている。

それは、橘に少なからず心惹《ひ》かれるものがあるからだ。

このままでは、彼女は納得できないのだろう。

「……もう一度だけ、会ってみたらどうでしょうか？」

「もう一度……」

はっとした様子で佐倉が顔を上げる。

「それでもだめだったら、諦める、というのは……」

「そうですね……せめてもう一度……」

だが繰り返し呟《つぶや》いたところで、佐倉はいっそう落ち込んだ様子で俯《うつむ》いてしまった。

「もう一度……やってもうまくいく気がしません……」

「…………う、うーん」

佐倉の友人たちが諦めることを勧めたのも、わかる気がする。

だが、前回のものすごい失敗によって、彼女はちょっと心が弱っているだけかもしれない。下調べし、計画を立て、実行に移したのに、前回の結果だったので、うまくいくところが想像できないのだ。

「何か、前回とは違う感じでやってみるといいかもしれませんね……すみません、これくらいしか言えなくて……」

「いえ、ほとんど見ず知らずの私のために、ありがとうございます」

「あ、でもほら」

千春は少しでも佐倉の気持ちを和らげようとして言った。

「同じ釜《かま》の飯を食った……っていうじゃないですか。それを言ったら、私と佐倉さんも、同じくま弁の釜の飯を食べてますよ」

我ながらくだらないことを言ってしまった……と思うが、佐倉は千春をしばらく見つめて、不意に微笑んだ。笑うとキッとつり上がり気味だった目と眉《まゆ》が垂れて、印象が優しくなる。可愛らしい！　と千春もちょっとどきっとしたくらいだ。

「ありがとうございます」

だが、そう言った直後、彼女は何か思いついたのか、笑みを消してはっとした顔をした。

突然、佐倉は千春の手を取った。

「あの、今ちょっと、思ったんですが……」

「？　は、はい」

「ついてきていただけませんか？」

言われてしばらく、意味がわからなかった。ついていく、ついていく……どこへ？

デートへ？

「えっ⁉」

「小鹿さんなら、私たちの至らなさを客観的な視点でご指摘してくださるのではないかと思いまして！」

「客観、あ、うーん、えっ、でも……」

「お願いです！　デートしてください！」

いや、違うだろ、何故この人は千春にデートを申し込んでいるのか。

千春が狼狽《うろた》えて返答に困っていると、近くから声が降ってきた。

「……大丈夫ですか？」

弁当の袋を手にこちらを窺《うかが》うユウだ。弁当ができたと声をかけてくれていたのかもしれないが、千春は全然気づかなかった。それでカウンターからこちらまで出てきてくれたのだろう。

「ユウさんっ」

ほっとして、情けないことに、助けを求めるような声が出てしまった。

「あ、いや、違います、大丈夫です。あの、えーと……」

ユウがそばに来たことで、佐倉もいつもの冷静さを取り戻し、慌てて千春の手を放し、頭を下げた。

「すみません、お騒がせして……」

「ああ、いえ、他にお客様もいませんし……驚かせてしまったらすみません」

落ち着いた声音でユウがそう言い、佐倉は恐縮している。

千春はそれを見ていて、ふと、客観的……といえば自分なんかよりよほど優れた人が目の前にいるではないかと思った。

「ユウさんがいた……」

ユウと佐倉の視線が千春に集まる。

千春はこの数週間というもの、なかなか言い出せなかった言葉をついに口にした。

「ユウさん、デートしましょう！」

ユウがびっくりして千春を見つめ、それから狼狽《ろうばい》した様子でちらっと佐倉を見る。

客の前でそれは困る、と言いたかったのかもしれないが、その客の頼みなんだからたぶん大丈夫だ……。

千春は事情を説明した。

「佐倉さんと橘さんのデートについてきてほしいって誘われたんです。前回は喧嘩《けんか》になってしまったので、私が一緒に来て、客観的に色々言ってほしいっていうことで……でも、私だけですと、やっぱり女性視点になりがちですし、男性もいた方がいいと思うんです。ユウさんなら、うってつけだと思います！」

「あ、ああ、そういうことでしたか……」

ユウは察して、ほっとしたようすだ。

「そうですね、確かに男性の視点も必要ですね……私はそういうところが気が回らなくて」

佐倉はまたそんなことを言って自分を責めている。

「佐倉さん、気が回らないとかそういう問題じゃないですよ。佐倉さんは私を信頼してくれましたけど、私はそこまで客観的に徹するのは難しいかなと……あの、だから他の視点もあった方がいいと思うんです。ユウさんなら、私が保証しますよ」

「ありがとうございます……」

ユウを置いて二人で話を進めてから、千春は改めて彼に向き直った。

「それで、今の話、ユウさんはいかがでしょうか？　あっ、でもお忙しければ、しょうがないですけど……」

「…………」

しばらくユウは千春を見つめて、それから店内のカレンダーを見て考え込んだ。

「いいえ、大丈夫ですよ。それに小鹿様に誘われては断れませんよ」

「え、そんな強制力ありましたか……？」

「ありますよ」

そうだったのか？　忙しいのに悪いことをしてしまった、と千春は慌てるが、ユウはさっさと日程の調整を始めてしまう。

「じゃあ、橘様次第ですが、直近で予定が合いそうなのは次の定休日ですね」

暫定的な日程が決まった。橘には、佐倉から連絡するそうだ。

佐倉は千春とユウを交互に見て、深々と頭を下げた。

「ありがとうございます。こうして私と橘さんのために相談に乗ってくださって。大事なお休みの日にも時間を割いてくださって……」

「いえいえ。でも僕からも一つ条件があります」

佐倉は不安なそうな顔をしたが、彼女を安心させるように、ユウは悪戯《いたずら》っぽく微笑んで言った。

「当店は弁当屋ですので、デートの昼食はこちらで用意させていただけませんか？」

佐倉もほっとしたように笑みを返した。

「勿論《もちろん》です」

でも、と佐倉は訂正した。

「デートではなく、会って話し合うだけです……」

そこ、こだわるんだな。

千春はちょっと呆《あき》れてユウをちらりと見ると、ユウの方もなんとも微妙な笑みを浮かべていた。

「いきなり巻き込んじゃってすみませんでした」

佐倉が帰ったあと、千春はそう言ってユウに頭を下げた。

「いいんですよ、仕事一つとれましたし」

ユウは笑ってそんなことを言う。

「私一人じゃ佐倉さんと橘さんの間を取り持つのも難しそうだったので、助かりました」

「緩衝材代わりになればいいんですけど」

緩衝材と言われて間に挟まれる自分とユウを想像し、千春は納得した。

あの二人がうまくいくところが想像できないが、とにかく一度だけでも会わないと佐倉は納得しそうになかったし、これで決断できればどちらの結果になっても彼女にとっても良いことだろう。

「そういえば、橘さんって、私よく知らないんですが、ユウさんはご存じですか？」

佐倉の人となりは少しわかったが、相手の橘のことで千春が知っているのは、『前の人と同じ弁当を注文する』ということだけだ。それだけだと、どうにも他人任《ひとまか》せとか、適当とか、あんまり何も考えてなさそうとか、いい印象にはならない……。

「いい人ですよ」

ユウはそう請け合った。

誰のことも悪くは言わなそうなユウの発言なので、千春はつい疑ってかかってしまった。

「そう……なんですか？」

「ええ。おおらかで親切な人です。この間も、飲み屋で意気投合した他人に交通費を貸したけど、教えてもらっていた連絡先に電話したら全然関係ないキャバクラに繋《つな》がったって笑って話してました」

「…………」

確かに『おおらか』で『親切』なのだろうが、なんか色々大丈夫かな、と千春は不安になった。

「それに佐倉様とのことは本気で考えてるみたいですし」

「え？」

そう言われて、千春は佐倉に話しかけようとしてできずにしょんぼりしている橘の姿を思い出した。あの後、ユウは橘に何か話しかけていた。

あのとき、ユウも橘の本音を聞いたのだろうか？

「いらっしゃいませ、橘様」

ちょうどよく、橘が店内に警戒するような眼差《まなざ》しを向けながら、おっかなびっくり入ってきた。いつもはもう少し早く、佐倉と同じくらいの時間にやってくるのだが、今日は幾分遅めだ。

「佐倉ちゃん、もう来ました？」

「はい」

「そっか……」

ほっとした様子の橘に、ユウはいきなり千春を紹介した。

「橘様、こちら小鹿千春様です。当店のお客様で、今度佐倉様と橘様のデートに僕と一緒に同行することになりました」

　確かにそういう紹介の仕方になるのだが、ほとんど話したこともない相手をデートに同行しますと紹介されたら、普通はびっくりするし、拒絶しそうだ……。

　千春はなんとかもう少しうまい説明ができないかと頭を捻《ひね》り、口を開いた。

「そうなんですか！　ありがとうございます！」

　だが、何か言う前に、橘がそう言って頭を下げてきた。

「ユウさんもありがとうございます！　なんて誘おうか考えてたんですけど、どうしても浮かばなくて！　こんなふうにセッティングまで本当にありがとうございます！」

　ははあ、さては誘い文句が思い浮かばず、あえて顔を合わせないように時間をずらして来店したのか……と千春は察した。

「……ユウさん、橘さんから何か頼まれてたんですか？」

「相談されてただけですよ。前回のデートがうまくいかなかったって」

　そこへ千春からデートへの同行の誘いがあって、渡りに船と乗ったのか。

　千春は半分呆れて、思わず非難がましい口調で言った。

「私に誘われたら断れないって言ってたけど、そういう裏があったんですね。あんなふうに言われたから、なんか悪いなって思っちゃったじゃないですか」

「断れないのは本当ですよ」

ユウはさらりとそう言う。

「…………」

なんとなく憎たらしくなって軽く睨《にら》んだが、ユウはにこにこしているばかりだ。ユウはそういう台詞《せりふ》が何気なく出てくるので、時々本心なのか営業トークなのか疑わしく見えることがある。

まあ、とにかく、ユウも橘もその気なのはよかった。

「それで、どこで『デート』しましょう？　落ち着いて、話し合える場所がいいと思うんですが……」

あとたぶん、時間に追われる心配のない場所がいい、と前回の橘たちのデートの失敗を踏まえて千春は胸中で付け加える。

「そうですね、前回は梅見物ということでしたので……新緑の中でジンギスカンはいかがでしょうか？」

「いいですね！」

真っ先に食いついたのは橘だった。

「俺、七輪《なべ》もっていきますよ！」

「じゃあ鍋と食材はこちらで」

ジンギスカン……というのは、言わずと知れた北海道の名物料理、羊肉を鍋で焼くジンギスカンだろう。

北海道では花見の季節に外でジンギスカンを食べる、というのは千春も聞いていた。その季節になると、円山《まるやま》公園なんかの桜の名所でジンギスカン鍋を囲む市民の姿がテレビで流れたりする。暖かくなり、外に出てまだ涼しい風を感じながら食べるジンギスカンには、お弁当とはまた違う楽しさがあるのだろう。

「いいところ見せられるといいなあ」

橘はうきうきした様子でそう言っているが、千春は不安もあった。

能動的に動く場面がある分、また橘が何かやらかしてしまいそうだ、という不安が。

「小鹿様もそれでいいですか？」

「……えーと、はい……」

まあ、やらかしたらそれはそれで、仕方がない。

千春は深く考えないことにした。

幸い、デート当日は晴れて、新緑が風にそよぐ心地よい天候となった。

「ふう」

千春は一息吐いた。

邪魔にならないよう髪をアップにしたから、首を撫《な》でていく風がいつもよりはっきりと感じられる。

顔を上げると、五月の緑と青空が視界いっぱいに広がる。

北海道のこの時期の緑は、まだ優しい色合いをしていて、その梢《こずえ》を吹き抜けていく風は涼しく、心地よい。

郊外の大きな自然公園だ。４００ヘクタール近い土地には広大な森や大型遊具を備えたアスレチックフィールド、キャンプ施設がある。千春が今いる川縁《かわべり》の土地はジンギスカンやバーベキューもでき、新緑の木々に囲まれた広場には丸太の椅子や東屋《あずまや》も点在する。

先に目当ての木陰にたどり着いていたユウは、慌てて駆け寄ってきて、千春から野菜の大皿を受け取った。

「重かったでしょう。大丈夫ですか？」

「いえいえ、これくらい。緑が綺麗《きれい》だなーって見とれてただけですから」

下準備の済んだ野菜はラップでぴっちり覆われて出番を待っている。ジンギスカンだから、野菜はもやし、ピーマン、キャベツ、にんじん、かぼちゃなど。家庭によっても違うらしいが、もやしは必須《ひっす》とのことで、真ん中にこんもり盛られている。

千春はユウに皿を渡すと、斜め掛けにしていた小ぶりのクーラーボックスを肩にかけ直した。

まだ七輪が運ばれていないので、ユウが運んだジンギスカン鍋は丸太椅子の上に仮置きされている。傍らの小さな段ボール箱には炭や軍手など。千春は運んできた荷物をそのそばに置くと、後ろを振り返った。

木々の向こうに、橘と佐倉の姿が見える。橘は駐車場で借りたリヤカーを引いている。

橘がこちらにやって……来ない。

彼はリヤカーを引きながらも、何かさかんに佐倉に話しかけ、どこかを指さしたかと思うと、ふらふらそちらへ道を逸れてしまう。急転回に耐えられなかった七輪がリヤカーから落ちそうになるのを、佐倉が慌てて支えている。

「手伝ってきます！」

そう言ってユウが駆け出した。

勇んでリヤカーを引くと主張した橘だったが、少々危なっかしかったので、落とすとまずそうなものや重いものは分担した。いや、分担しない方が良かったかな、と千春は思い始めていた。あの人は、少し重くて動きにくいくらいでちょうどいい……。

「あ」

見守るうち、上ばかり見ていた橘が、石につまずいて転んだ。

とにかく、荷物は運び終わり、千春たちは七輪とジンギスカン鍋を中心に、持ち込んだ折りたたみ椅子や備え付けの丸太椅子に腰を下ろした。

ジンギスカン鍋は中心部がまるく盛り上がり、表面に溝が入った構造だ。中心部で肉を焼くと、溝を伝い落ちた肉汁が周囲の野菜に絡まる構造になっている。

羊肉は多少臭みがあるので好みは分かれるだろうが、千春はあまり気にならなかった。何より肉と野菜をこうして青空の下で焼いては食べ、焼いては食べて、時折ビールを呷《あお》ると、ものすごく気持ちよくて美味《おい》しい。あらかじめたれに浸されたちょっとお高めの羊肉を味わって食べるのも、味がついていない薄っぺらい羊肉ともやしにユウ特製のたれをつけてもりもり食べるのも、どちらもそれぞれに良さがある。

車の持ち主である橘はノンアルコールビール、佐倉と、仕事の一環として来ているユウはウーロン茶だから、ビールを飲んでいるのは千春だけだ。最初は遠慮したのだが、せっかく冷えたものを持ってきて、誰も飲まないのはもったいないというユウの言葉に甘えさえてもらった。

ジンギスカンにビールはすごく合う。羊肉の脂と独特の臭みと甘辛だれでべたべたした感じの喉《のど》を、ビールの強めの刺激が通り抜けていくのが心地よい。普段そんなに得意ではないビールの苦みが呼び水になって、次の肉、次の肉へと自然と箸《はし》が伸びる。

でも自分だけが飲んでいるのも気になって、とりあえず一本だけ、と心に決めている。

ちら、と佐倉の様子をうかがうと、彼女は肉に真剣な眼差《まなざ》しを注いでいる。真面目な彼女らしく、焼き加減を見極めようとしているらしい。今日は佐倉も長い黒髪をまとめ、チェックのシャツにジーンズといういかにも行楽らしい恰好《かっこう》をしている。

そして彼女が見守る肉に、よそから箸が伸びた。

ひょい、と持ち上げた肉を、橘は自分の口に入れてしまった。

「それ、まだ焼けてませんよ!?」

佐倉が信じられない、という顔で悲鳴に近い声を上げる。

「え？　美味しいよ。焼きすぎない方が柔らかいし」

「でも……」

「あっ、こっちのあげるよ、ほら！」

そう言って、橘は鍋から肉をつまみ上げ、勝手に佐倉の皿に載せてしまう。たれにぼちゃんと落ちた肉を見て、佐倉が目を剝《む》く。

「これ味付きのお肉じゃないですか！　たれにつけたらだめです、こっちの皿に……」

「あ、ごめん」

「……もういいです」

佐倉は不満を抱えた顔で肉を食べる。さすがに橘も気にして、佐倉の様子をちらちら窺《うかが》っている。肉を食べるにつれて、佐倉の眉間《みけん》にできあがった皺《しわ》も薄れていく。それを見届けて、橘はほっとした様子だ。

千春も、ほっとしていた。

美味しいものを食べていると、人間なかなか怒り続けられないのだろうか。

ユウがそこまで考えていたのかはわからないが、とりあえず屋外でジンギスカンという選択はなかなか良かったのではなかろうか。レストランなどのお店より細かいことを気にしなくてもいいし、自分で多少作業する分意識が逸れる。結果的に、なんとなく穏やかな雰囲気で時は流れている。

「あ、そういえばこちらがまだでしたね」

ユウがそう言って小ぶりなクーラーボックスを取り出した。千春が持ってきたやつだ。

「実は、お二人にそれぞれ外でのジンギスカンならどんな炭水化物を食べたいか、という話を伺ったことがありまして。その回答がとても面白かったので、それぞれのオススメの品をご用意いたしました」

「へえ」

千春は外でのジンギスカンなんて初めてだから特にこだわりはないが、佐倉と橘という対照的な人間のオススメには興味がある。

「私が前にジンギスカン屋さんで食べた時は白米でした」

「そうですね、あとは締めにうどんを入れることもよくあるそうです」

ジンギスカン鍋《なべ》は縁が立っているから、盛り上がった中心部から垂れてきた肉汁やたれが縁の手前に溜《た》まる。そこでうどんを煮るらしい。なるほど、確かにそれも美味しそうだ。

ユウは、クーラーボックスを開けると、透明な使い捨てパックに入れた白いおにぎりを出した。くま弁で普段扱っているおにぎりの半分くらいの小さなおにぎりで、のりもごまもなし。

「こちらは佐倉様オススメの塩むすびです」

「おお、合いそうですね」

千春は早速一つもらって食べる。具も何もないシンプルなおにぎりには塩味だけがついていて、ジンギスカンのたれの風味とよく合う。万人受けする、間違いのない組み合わせだ。

では、橘はいったい何がオススメなのだろうか？　やはり締めのうどんかな？　と千春はジンギスカンのたれや肉の脂が絡まったうどんを想像してちょっとわくわくする。

ユウはクーラーボックスから、もう一つの透明なパックを取り出した。

「こちら、橘様オススメ、締めの――」

うどんか、と思った千春の目に入ったのは、思いもよらないものだった。

「フルーツサンドです」

確かに、それは白い食パンにたっぷりのフルーツとクリームを挟んだサンドイッチだった。ぱっと見た感じでは、黄桃、バナナ、いちご、キウイがかなり厚めにスライスされて挟まっている。

ジンギスカンの煙と匂いの漂う中見ていると、胸焼けしそうだった。

「………」

千春はおそるおそる、佐倉の様子を確認した。

佐倉はフルーツサンドを見つめている。

ジンギスカンのおかげで幾分和らいでいたはずの表情が、感情を失ったように凍り付いている。

……食べ物という逃避先さえ奪われ、彼女の感情は行き場を失っているようだった。

（これまずいんじゃないかな……？）

千春の心配をよそに、橘はフルーツサンドを見るなり、相好を崩した。

「わあ、うまそう！　俺くま弁のサンドイッチは初めてだなあ！　これが合うんだ、佐倉ちゃ……」

「…………」

小声で、佐倉が何か言った。

え、と橘が聞き返すと、彼女は橘を見据えて問い質《ただ》し始めた。

「何考えてるんですか？　フルーツサンド？　ただのパンとかサンドイッチならまだしも、フルーツ？　クリーム？　甘いんですか？」

「えっと」

「ジンギスカンにフルーツサンドが合うと本気で思ってるんですか、それとも私をからかって適当なこと言ってるんですか！　私が真面目なだけのつまんない人間だから、バカにして反応見て笑ってるんですか!?」

悲愴《ひそう》な面持ちで、ついに佐倉がぶち切れた。

橘の方は、困り顔で首を横に振る。

「からかってないよ。本当に美味しいんだよ」

「いつもふざけてばかりじゃないですか！　私のことだってきっとからかっ……！」

橘を睨《にら》みつける佐倉の目から、突然涙が溢《あふ》れ出た。彼女は顔を伏せ、突然の事態に橘は言葉を失う。

「あ、あの、佐倉さ……」

千春はなんとか佐倉をなだめようと声をかけた。佐倉は俯《うつむ》いたまま、か細い声で言う。

「ビールを……」

「え?」

「ビールをください」

「あ、うん」

千春はユウに合図して新しい缶を出してもらおうとしたのだが、その前に千春の返事を聞いた佐倉が、千春の持っていた飲みかけのビールを奪い取った。

それを、無言でごくごくと呷《あお》り始める。

見る間に飲み干すと、彼女は小さな声で言った。

「すみません……」

それはいきなりビールを奪ったことを言っているのか、大きな声を上げたことを言っているのかはわからなかったが、千春はぶんぶんと首を振った。

佐倉はきっと、不安だったのだ。橘が自分をからかっているんじゃないかとか、ふざけてわざと自分を困らせているんじゃないかとか、自分と考え方があまりに違っていて、理解できなくて。

うなだれて露出した佐倉の首は随分細く見えた。

「どうぞ」

ユウが素早くクーラーボックスから冷えたビールを二本取り出してくれた。

千春は一本を佐倉に差し出した。佐倉はそれを受け取ると、プルタブを開け、息を吸い、宙に向かって突き出した。

「乾杯！」

雄々しい二度目の乾杯に合わせて、千春もビールの缶を掲げ、ユウと橘も慌てた様子でそれぞれの飲み物を掲げた。

「か、かんぱーい」

そのあとは、すごかった。

ビールと肉がすべてを洗い流すと信じているかのように、佐倉は無心な様子で飲んで、食べた。他の人のなくなった飲み物を継ぎ足したりするようなそれまでの気配りは消え去って、食べ方は綺麗《きれい》で大口を開けているわけでもなかったが、まるで部活帰りの男子学生のような勢いだった。

千春としても何か声をかけて仲を取り持つなりなんなりしたかったのだが、佐倉の雰囲気がそれをさせない。

当の橘も何か話しかけようとするのだが、そのたびに佐倉が無言で皿を突き出すものだから、そこに焼けた肉や野菜を盛り付けることしかできずにいる。

だが、やがてその勢いも弱まり、ついには箸《はし》が止まった。

「………」

佐倉は小さな声で言った。

「ごちそうさまでした……」

それを聞いて、橘は、あの、と切り出した。

「もしまだ食べられたら、こっちも……」

そう言って、彼が差し出したのは、あのフルーツたっぷりのサンドイッチだった。

え、この明らかにおなかいっぱいになってそうなタイミングで？　とか、火に油を注ぎたいの？　とか、千春も思うところはあったが、橘は思いのほか真剣な顔をしていた。

とりあえず、締めのうどんみたいに鍋に直接入れるわけではないのはよかった。

俯いていた佐倉はのろのろと顔を上げ、差し出されたサンドイッチを機械的に受け取った。

じっとサンドイッチを見つめて、何か言いたげに橘を見やる。

橘は何度もこくこく頷《うなず》いている。決して相手をからかおうとか、そういう顔ではないのはわかる。

佐倉は結局、サンドイッチを食べた。

最初は小さく一口だけ。

それから、もう少し大きく口を開けて。

橘が固唾《かたず》をのんで見守る中、佐倉はぽつりと呟《つぶや》いた。

「美味《おい》しい……」

それを聞いた橘は嬉《うれ》しそうだ。

「俺も好きなんだ。ジンギスカンの時って、俺だいたい飲んでるから、ごはんって感じじゃなくて。でも、最後に締めの炭水化物は食べたくなるから。うどんみたいに、全部ジンギスカン味だとなんか違うかなって気もして。フルーツサンドイッチって果物いっぱい入ってるから、案外さっぱりしてるでしょ。口の中がすっきりする感じが好きでさ」

橘の話に、佐倉はこくり、こくりと時折頷いてサンドイッチを食べている。

本当か……？　といぶかる千春に、ユウがサンドイッチを勧めてくれた。

「あ、どうも……」

一つ持つと、ふわっとしたパンの感触と、フルーツの重みを感じ、こんな状況だが自然と胸が高鳴った。

甘い果物とクリームの香りを嗅《か》ぎながら、大きめの口を開けてパンとフルーツを頬張る。

食べたのは黄桃のところだった。橘の言うとおり、どこかさっぱりしている。クリームは甘さ控えめで、その分黄桃の甘みとパンのふわふわの食感を強く感じる。口の中に残っていた羊肉の脂とか、ビールの苦みとかが洗い流されていく感じがする。

（うーん、確かに美味しいけど……）

千春はちらっとまだ残るジンギスカン鍋《なべ》を見る。焦げた羊肉の匂いはまだ周囲に漂っていて、その中で食べるフルーツサンドはかなり異様な感じがした。

まあ、焼き肉のあとで食べるシャーベットは美味しいし、そういったデザート的なものと締めの炭水化物を組み合わせたと思えば、否定しきれない……気がする……。

（いやー、でも私はフルーツサンドはフルーツサンドで食べたいかな……）

そこはもう、好みとか、イメージの問題かもしれない。

千春は納得しかねていたが、佐倉は美味しいとまた呟いて、二個目を食べ始めている。

真面目で堅実を地でいくような佐倉が、こんなとんでもない組み合わせを食べているのは、なんだかすごいことに思えた。佐倉は橘の好みをイメージだけで否定したりしないで、ちゃんと自分で体験して、良いものであれば受け入れようとしているのだ。

「今日はごめんね」

佐倉からはなんの返事もないが、橘は懸命に話しかけた。

「俺、今日こそちゃんとしなきゃって思ってたんだ。前に会ってくれた時も、俺があちこちふらふらして、引っ張り回したせいで、お店の時間に遅れちゃったし。でも、結局、今日も荷物運ぶ時とかふらふらして迷惑かけてさ」

荷物をリヤカーに載せて運んでいる時、橘があらぬ方向にさまよい出したせいで、荷物は落ちそうになるわ橘は転ぶわ散々なことになっていた。それでも佐倉は文句も言わず荷物を支え橘を助け起こしていた。

ずっと黙っていた佐倉が、首を振った。

「……それは、私に、鳥がいるのを教えてくれようとしてたから……」

佐倉の言葉を聞いて、千春は橘が指さす先に新緑に包まれた白樺《しらかば》の木があったことを思い出した。そこに鳥の姿が見えて、それを教えようとして急転回したということか。

「でも前の梅園の時に私を置いて森の中で写真撮ってたのは許してませんから」

「……ごめん……」

そりゃ怒るわ……。

だが、怒って俯《うつむ》いていたはずの佐倉が顔を上げ、橘を見つめた。

目元はまだ少し濡《ぬ》れて、眉《まゆ》を寄せて、睨《にら》んでいるみたいな顔だった。

「……半分嘘です。振り回されるのは困るけど、すぐ熱中する橘さん見てるのは……すきです。」

最後の言葉は、優しく、添えるように、呟いた。

「…………！」

千春はここにいていいのかと慌て、ユウを見やると、ユウも千春と目を合わせ、とりあえずは雰囲気を壊さないよう、できるだけ息を殺して見守ることにした。

「私は、橘さんみたいに熱中できるものってないから……。でも、橘さんはいつもふざけてばかりで、私のことも置いていくし、何が本気かわからないし、いつもの気まぐれで私を誘ってくれただけかもしれないし」

「俺も佐倉ちゃんのことすごいと思うし好きだよ！」

そう言われて、佐倉が言葉を失って、顔を赤らめた。

「佐倉ちゃん、ほら、すごいしっかりしてるし、俺みたいなのが振り回すのやめた方がいいんじゃないかって思うこともあるんだけど、今みたいに、サンドイッチ食べてくれたり……俺の話、ちゃんと真剣に聞いてくれて……」

「橘さんの話は面白いです。私だと考えつかないことよく言うし……ジンギスカンにフルーツサンドとか」

そう言って、今日初めて佐倉は橘と目を合わせて笑った。

笑顔に橘が見とれたのがよくわかった。

千春は耐えられなくなって、さっと立ち上がって言った。

「あっ、私アイス食べたくなったんでちょっと買ってきますね！　お二人の分も適当に買ってきましょうか？」

「あ、いえ……」

「じゃあ、僕も食べてきますね。片付けはそれからで」

ささっとユウも続く。

そして佐倉と橘を置いて、二人でとにかく急いでその場を離れた。

ロッジ風のレストランで買ったソフトクリームを一口食べる。

冷たさが心地よいが、この季節にはまだ少し早かったかもしれない。ただでさえこの辺は市の中心部より気温が低い。

「はー。あの場に戻るのきついです……」

「でも戻らないと片付けられないですからね、仕方ないです」

ユウもチョコソフトを食べながらそう呟く。気持ちは同じらしい。

二人でそこらにあった丸太椅子に腰を下ろし、並んでソフトクリームを食べる。

鳥が飛び、風が吹き抜ける。

「……よかったんですよね」

千春はどこか自信なげに呟いた。

「よかったと思いますよ」

「でも、あの二人ってすごく対照的で。これからうまくいくのかなあって思っちゃって。ほら、お弁当の注文の仕方一つとっても、正反対じゃないですか」

曜日ごとにローテーションを決めてそれを逸れない佐倉と、前の人と同じものという他人任《ひとまか》せな橘。

「ああ、そうですね。僕も以前、橘様にどうしてそういう注文をするのかって尋ねたことがあるんですよ。そうしたら、その方が面白いからって」

「面白い？」

「店に入るまで何が出てくるかわからないから、わくわくできるんだっておっしゃるんですよ。それに、どうしても自分で選ぶと好みとかで偏るけど、他の人と同じものなら、自分では絶対に注文しないものも食べられるって」

「ああ、そういえば、橘さん、佐倉さんが店のメニューあらかじめ予約してたことに何か一言言っちゃったって」

「佐倉様は、対照的に、色々決めておかないと落ち着かないとおっしゃってましたから」

そう言って、ユウはソフトクリームを食べ、人心地ついた、というふうに息を吐く。

彼は結構甘いものも好きだ。

「自分にないからこそ惹《ひ》かれるということもあるのではないでしょうか」

「……なるほど」

確かに、佐倉は橘との会話を新鮮だと言っていた。自分にない視点を提供されて、そこに興味を持ったのだろう。

「でも、たぶんそれだけじゃないですよね。そこがきっかけだったとは思いますけど、単純に違うってだけじゃなくて、違いに惑わされないで、いいところをちゃんと見ているっていうか……」

躓《つまず》いて転んだ橘を支えた佐倉は、彼が自分に鳥のことを教えようとしていたときちんと理解していた。

そういう佐倉だから、フルーツサンドも受け入れられたのだろう。

「……やっぱり、これでよかったのかな」

結局そういう結論に至ってしまったが、なんだか色々考えるうちに、納得できる気がしてきた。

千春にはわかりにくい橘の良いところを佐倉は見つけられるし、橘もそういう佐倉に心動かされ、自分の行動を省みている。

千春から見ると佐倉と橘もジンギスカンとフルーツサンド並みに到底うまくいくとは思えない組み合わせだったが、当人たちにしてみれば他にないくらいしっくりくる相手だったのだろう。

（相手のどんなところが好き、かあ……）

思い返せば、自分は特別な理由があって人を好きになったことがないような気がする。

気がつくと目で追っているとか、なんとなく一緒にいたいとか、そういう気持ちを好きと認識するような感じだった。

でももしかしたら、言葉にできないだけで、自分の中には何か理由が存在しているのだろうか。

「……ユウさんは、そういうふうに、何か理由があって人を好きになる、って感じですか？　相手のいいところとか、自分とは違うところとか……」

「僕ですか？」

ユウは眉を寄せてちょっと考える。

「……好きな人のいいところはいっぱい思いつきますけど、だから好きになったって感じでもないような……いや、そうですね、でも、きっかけはあったのかな」

きっかけ。

きっかけってなんだろう。それに、今の話は過去の話なのか、それとも、

——現在の話なのか。

突然自分がものすごく直球な質問をしていたことを悟り、千春はひたすらソフトクリームを食べることに没頭し始めた。

ユウも、それ以上は何も言わなかった。

それからしばらく二人で黙々とソフトクリームを食べた。

ふと千春は、視線の先で風にそよぐごつごつとした樹皮を持つ木が、桜の木であることに気づいた。葉の形が、桜餅《さくらもち》の葉と同じだ。花はほとんど散ってしまい、地面がほんのりピンク色をしている。

札幌の市街地ではゴールデンウィーク辺りが桜の季節だが、この辺りは山に近く、少し気温が低いから、開花はもう数日遅かったのだろう。

あ、綺麗《きれい》な時にユウと見たかったな、と思ってしまった。

「今度……お花でも見にいきませんか？」

気づいたらそう口走っていて、千春は赤面して、ユウの様子をおそるおそる覗《うかが》う。

ユウは同じ木を見ていた。

葉桜の新緑を、そして地面に落ちて踏まれた桜の花びらを。

そうですね、と彼は呟《つぶや》いた。

「来年の、桜の季節にでも」

来年——。

かわされた、と気づいて、千春はただ息を詰め、ユウの横顔から目を逸らした。

千春の誘いは『断れない』。確かに断られてはいないが、かわされた。

顔には熱がどんどん集まってくる。恥ずかしい、先走った、間違えた——。

「——ふん！」

千春は突然自分の頬を平手で左右から叩《たた》いた。加減せずやったので、ばちんとかなりいい音がして、その音と衝撃に自分でびっくりした。じん、という痛みは遅れてやってくる。

ユウが音にびっくりして千春の行動に気づき、上擦った声を上げた。

「ちっ、千春さん⁉」

「いや、大丈夫、大丈夫です！　自分に活を入れただけなので！　さあ、そろそろ戻りましょう！」

ソフトクリームは食べ終わっている。もうどんな味だったのかよく思い出せない。

冷たく麻痺《まひ》したような感覚の舌先に、苦みが残っているような気さえする。

度で佐倉たちの元に戻った。

「千春さん！」

ユウが名前を呼んでくれたが、顔を見せられず、千春はただひたすら走るような速

その後も、千春はくま弁でよく佐倉と橘の姿を見かける。

佐倉は相変わらず曜日ごとのローテーションを守って注文し、橘は前の客と同じものを注文している。時々は何やら言い争いをしていることもあるが、だいたいは仲睦《なかむつ》まじく、見ているこっちが照れてしまう。

違いを認め合って、時には歩み寄って、なんだかんだ、彼らはうまくやっている。

千春は、彼らを見るたびによかったなあというほっとした気持ちになるが、同時に、ユウとソフトクリームを食べたあのひととき、自分のうかつな発言を思い出して、羞《しゅう》恥《ち》と後悔にもだえるのだった。

ジンギスカンの翌日は、少し体に疲れが残っていた。

公園は結構遠かったし、橘の運転が危なっかしくて緊張したし、お天気もよくて気

持ちよかったから少し散歩したりもして、思ったより疲れていたらしい。

それでも気持ちはすっきりして、朝の目覚めも爽快《そうかい》だった。

会社の食堂で、千春は日替わり定食を食べていた。食堂の定食は安いが特に美味《おい》しいわけではない。それでも、できるだけ、ゆっくり嚙《か》んで食べるようにしている。自分が食事をしている、と感じながら食べた方が、なんとなくちゃんと味がする気がするのだ。

「あっ、美味しい！」

千春があらかた食べ終わった頃、隣のテーブルから声が上がった。社食のごはんってそんな美味しいものあったっけ？　と不思議に思って、なんとなく目をそちらに向ける。

若い女性社員が二人いて、そのうちの一人が市販のものらしいお弁当を食べていた。

その弁当に、見覚えがある……。

千春は思わず、立ち上がって彼女に訊《き》いた。

「すみません、それ、どこで買いました？」

「ああ、これは一階にお弁当屋さんが来てて……」

「ありがとうございます！」

トレーと空の皿を返却し、千春は急いで一階へ向かった。カスタマーサポートの仕事は情報を扱うという性格上セキュリティはしっかりしていて、部外者は一階のゲートの前までしか入れない。千春は腕時計を何度か確認しながら、エレベーターを出てまっすぐにゲートを飛び出し、さらに受付を通り過ぎてビルの外に出た。

昼時で外に食べに行った人たちも、そろそろ戻る時間帯だ。

千春は周囲を見回し、駐車場に見覚えのあるグレーのハンチングを見つけた。

「あの！」

グレーのハンチングに黒いエプロンは、くま弁の制服だ。彼は空のばんじゅうをバンの後ろに積み込んでいるところだ。千春は気づいていないらしい彼の腕を摑《つか》んだ。

「桂君！」

くま弁でバイトとして働く桂は、いきなり腕を取られてびっくりした顔をしたが、千春を見て、ああ、と声を上げた。

「小鹿さん。どうも」

「あの、今そこのビルでお弁当売ってた？」

「はい。先週からお邪魔してますよ。先週は木曜に……」

「そうだったの!? 私、あの、あそこのビルで働いてるの……」

「はー、そうでしたか」

じゃ、今度買ってくださいね、と桂は営業に余念がない。

「あ、うん、そうするね……」

今日のところは売り切れたらしく、ばんじゅうはすべて空だ。まだこれから仕事があるだろう桂をこれ以上引き留めて話を聞き出すこともできず、千春は挨拶《あいさつ》をしてバンが出るのを見送る。

赤いバンの横っ腹には、くま弁の文字と庇《ひさし》テントにも描かれているくまのイラスト。それに、ケータリングいたしますという文章が読み取れた。

（だからユウさんも忙しそうだったのかな……？）

曜日ごとにオフィスなど回っているのだろう。そういえば、以前にもそういった営業形態を取っていたと聞いたことがある。昼間はオフィスに行って、夜は店舗で売っていると。

だが、ここしばらくは店舗の客をさばくための弁当の作り置きとか、下ごしらえとかで、昼間の販売はなくなっていたはずだ。

とりあえず今夜はくま弁に行こう、と千春は決めて、休憩時間が終わる前にと急いでまた職場に戻った。

「千春さんの会社だったんですか？」

ユウが驚いた様子で聞き返してきた。

ゆっくり話したかったので、一度帰宅して、遅めの時間にあらためてくま弁を訪れた。

ユウは千春が取り置きしていた鯖味噌《さばみそ》丼弁当を仕上げながら、話をしてくれた。

「実はしばらく前から売り上げが落ちていて、オフィスでの販売を再開することにしたんです」

「そうだったんですか……」

言われてみれば、客足は落ち着いてきている。待ち時間が少なくていいな、と思ったこともあったくらいだ。

「とはいってもテレビで紹介していただく前と比べて落ちているわけではないので、とりあえず昼の販売を再開しただけですが、せっかくなのでイベントでのケータリングとかもやってみようかと。前のお店でもやっていたので、多少の心得はありますし、熊野も以前は仕出しをやっていたと言いますし」

テレビで紹介される前と言っても、その頃はオーナーである熊野が働けたからユウ以外の人間を雇う必要はなかったが、今は熊野がほぼ引退状態で、バイトを雇わないと店を回すのは難しい状況だ。バイトの人件費を考えると、店の収支としてはよくないだろう。

「……なんだか信じられないです。あんなに人気だったし、今だって開店直後はすごく混んでるのに、売り上げ落ちてるなんて。あ、すみません……」

くま弁の弁当は美味しいし安い。他に代えがたい魅力がある。一度行けばまた行きたくなって、テレビで見て行くようになり、常連になったという人だって結構いる。

「それが、近所にできたスーパーが、弁当の安売りを目玉にしていて……」

「ああ！」

千春も数ヶ月前に新しくできたスーパーのことは知っているし、会社帰りに行くこともある。生鮮食品も安いが、それ以上に三百円弁当が人気で、遅い時間などさらに半額になっていたりする。メインのおかずと副菜が入り、それなりの見た目になっていて、千春は食べてはいなかったが随分安いなと驚いた覚えがある。

「ああ……確かに安いですよね、あそこ……」

「開店直後の混雑はおっしゃる通りなのですが、それ以降の時間帯のお客様がそちらに流れてしまっているようで……」

食べたことがないのにこういうのもおかしいが、二百円高かろうが味はくま弁の方が絶対に美味しいはずだ。それでも二百円の差、時には割り引かれてさらに開くその差は大きいのだろう。

「うう……」

「？　千春さん？」

唸《うな》る千春の顔を、ユウが覗《のぞ》き込む。

「だって、悔しくて。くま弁、本当に美味しくて、体に優しい味するし、ワンコインだし、それがお客さん取られちゃうなんて」

千春はカウンターに手をついて、ユウの方に身を乗り出して言った。

「お手伝いできること、ないですか⁉」

「え」

「いえ、勿論《もちろん》料理とかそういうことでは無理でしょうけど、えっと……試食とか、何か、こう……！　あっ、試食をしたいだけってわけではなくてですね。あとは、そうだ、チラシ配りとか、あっ、サイト作ったりしましょうか？　私こう見えてそういうのも結構得意ですよ！」

「…………」

ユウは千春をしばらくじっと見つめて、それから微笑んだ。

「ありがとうございます」

微笑まれて気づいたが、こんなふうに千春がカウンターに手をついて身を乗り出すと、距離がぐっと近くなる。千春は我に返って、カウンターから手をどかし、ぎこちなく姿勢を正した。

「あの……つまり、助けてほしい時には、ちゃんと言ってください。ユウさん、そういうのごまかしがちですから」

「そうですか？」

「そうですよ！」

千春は力強く断言した。

「……先日、佐倉様と橘様のことを見ていて、思ったんですが」

しばらく黙っていたユウは、ふと何か思い出したように呟《つぶや》いた。

「佐倉様は、客観的な視点が必要だからと、千春さんに来てくれと頼みました。あれは新しい視点が入ることで、それまで停滞していた事柄が動き出すということだと思うんです。それで、思ったんですが……」

なんだろう、と千春は興味を引かれる。

「新商品開発について、千春さんの意見ももらえませんか？」

なんだ、そんなことでいいのか。千春は胸を張って答えた。

「勿論ですよ！」

だがそこで、千春ははたと我に返り、顔をしかめた。

新商品開発というのは、当然、新しいお弁当を作りたいということだろう。

これまでのくま弁にはないような、新しいコンセプトの……。

（っていっても、くま弁って日替わり入れると結構いろんな種類のお弁当あるし……

今更新しいのって……)

……『新しいお弁当』って、なんだろう?

口を半開きにして首を傾げる千春を見て、ユウも少し、困り顔で微笑んでいた。

店の外では夜風が吹き抜けて、オススメ弁当をお知らせする黒板がかたかたと鳴っている。

まだ肌寒くとも、そろそろ春は終わりに近づいていた。

•第四話• 姫竹花籠弁当

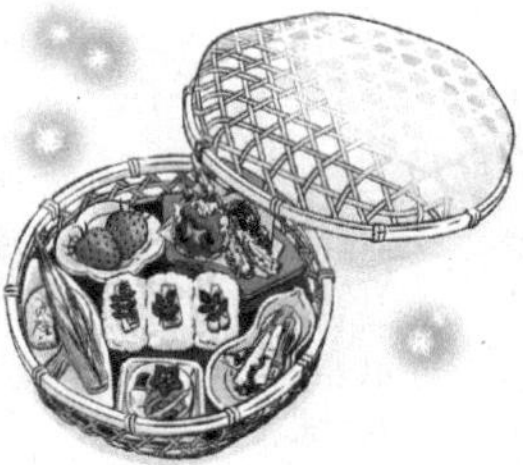

猪俣《いのまた》このみは歯に衣着《きぬ》せぬ物言いで、高校時代からかなり目立っていた。

千春とは二度目の席替えで前後して座ったことから話すようになり、ノートを見せ合ったり、好きな音楽を教え合ったり、マンガ本を貸し借りしたり、昼にお弁当を一緒に食べたり、そういう普通の友人として付き合ってきた。

卒業後も時々会って旧交を温めていた。だが、進学、就職を経て、このみが結婚して子どもを産み、千春が北海道に来ると、さすがにそう簡単には会えなくなった。

およそ二年ぶりに会ったこのみは、明るく染めた髪を一つにまとめ、以前と変わらずはつらつとした表情をしていた。目や口のパーツ一つ一つが大きくて、表情がはっきりとわかる。

このみの父方の祖父母は札幌に家があり、このみもそちらに昨日から泊まっているそうだ。父親は早期リタイア後に引っ越してきて両親と同居しているから、このみにとっては祖父母宅が現在の実家に当たる。つまり今は里帰り中なのだ。

「愛佳《まなか》ちゃん二歳になったんだよね？」

千春の部屋で向かい合ってケーキなんてつついていると、学生時代に戻ったみたいな気分になるが、出てくる話題は学生時代とは違っていた。

愛佳というのはこのみの娘だ。生まれた時に会ったが、千春が北海道に来てしまったのでそれきり会っていない。

「うん。よく喋《しゃべ》るようになったよ。今日はじいじが見てくれてる」

そう言いながら、このみはスマートフォンを操作して写真を見せてくれる。画面の向こうの女の子は笑ったり泣いたり忙しく、目元がぱっちりしているところはこのみに似ていた。

「可愛い〜！」

思わず頬が緩んで笑みが零《こぼ》れる。このみは誇らしげだ。

「でしょ〜。笑うだけで可愛いし、くっついてくるのも可愛いし、生意気言うのも可愛いし歌うのも踊るのも可愛いし……もうほんっと親のアイドルって感じ」

そう言って、オレンジ色も鮮やかな夕張《ゆうばり》メロンのタルトを口に運び、美味《おい》しそうに頬張ってふうと息を吐く。

「一緒にいるとこんなふうにゆっくりお茶するなんて無理だけどね。思い通りにならないとか、思ってることを周りが理解してくれないとか、そんなことで泣くし。そうでなくともコップひっくり返さないかとか、もの落とさないかとか、特に外での食事中は全然気が抜けない」

「大変そうだねえ」

そう言って千春もチーズケーキを頬張る。マスカルポーネチーズの爽《さわ》やかな味わいが口に広がり、ベリーの酸味がほどよく全体を引き締める。さくさくした粗めのタルト生地もいいアクセントだ。北海道は酪農が盛んなだけあって、特に乳製品の美味しさが際立っていると思う。

「魔の二歳児っていうくらいだからね。イヤイヤ期が始まって、家なら泣いてても見守れるけど、外だと人目もあるし……こっちも焦っちゃうんだよね。今日も愛佳連れてきてって言われてたし、迷ったけど、まあ私の息抜きを優先させてもらった感じ」

言いながらも、自分でスマートフォンを操作してお気に入り写真を見せびらかしてくる。親の帽子をかぶって顔が隠れている写真、食べながら寝ている写真、山羊《やぎ》を見て泣いている写真……どれも可愛いし、それに撮っているこのみの愛情を感じられてほんわかする。何事も控えめな千春に対して、このみはあけすけで、愛情表現もわかりやすい。

「高校時代にさ、子ども何人ほしい、みたいな話したよね。覚えてる？」

「あー、話した。覚えてる。このみは男女二人って……」

「そう。千春も一人はほしいなーって言ってたよね」

学生時代特有の、将来のことをおおらかに語れる時期の話だ。

だが、このみはいきなり千春の手を取ると、力強く訴えた。

「大変だけど可愛いから！　千春ならいいお母さんになれるよ〜」

「はは……」

唐突すぎて、千春は困り顔で笑うことしかできない。

「千春は消極的っていうかさ……婚活だって若いうちからしておいた方が絶対いいと思うし、そろそろ真剣に考えてみなよ」

「婚活……」

「そうだよ。いい？　たとえば今から探し始めて、一年で見つかって結婚して、また一年で子ども産んで……千春そのとき何歳？」

「えっと……」

二十代後半。母が自分を産んだ年より上だ。思えば子どもの頃は、そのくらいの年には当然結婚しているような気がしていた。

「実際にはそう順調にはいかないわけでしょ。そりゃ平均で言えば結婚年齢も出産年齢も上がってるけど、別にそれに引きずられることないと思うんだよね。早く産んだ方が早く独立してくれるし。若いうちは養育費で大変でも、定年前に子どもが独立してくれる方がいいでしょ？」

「う〜ん、でも縁とかタイミングとかあるしさ。そりゃ、子どもがほしいといえば将来的にはって思うけど」

「そういうこと言ってるとアッという間に周りに男がいなくなるんだから！」

断定的に言われて、さすがに千春もちょっとムッとする。

「そういうけどね、別に私だって相手がいないわけじゃ……」

「いるの⁉」

「あ……」

このみは驚きと喜びが同時に湧《わ》き上がった様子だ。満面の笑みで、テーブルに肘《ひじ》をついてずいと迫ってくる。

「ね、ね、紹介してよ！」

「ちょ……いや、待って、そういうのじゃ……」

「でも相手がいるんでしょ？　もう、水くさい！　全然教えてくれないんだもん！もしかして一緒に暮らしてたりするの？」

「暮らしてない！　デートに……行っただけで……」

色々複雑な現状を考えると、千春としてはそう言うので精一杯だ。

「へえ！　いいなあいいなあ、付き合いはじめの時期って感じ。ねえ、会わせてよ～」

「だめだよ、お仕事忙しいし。私だって遠慮してるくらいなんだから」

「お仕事って何？」

「お弁当屋さん」

一瞬、このみが目を細めたのがわかった。何かちょっと気にくわないことがあったときの彼女の癖だ。ふーん、と呟《つぶや》いて、このみは言った。

「じゃあさ、お店って今営業中？　覗《のぞ》くだけならいいでしょ。顔見てみたい」

「え……」

千春は時間を確認した。十六時……開店まで一時間。

「まだお店開いてないよ」

「準備中？　じゃあ待たせてもらうから大丈夫。ほら、とりあえず行ってみよ」

「今から？」

「私もう食べちゃったし」

そう言われてみれば、このみの皿はいつの間にか綺麗《きれい》になっている。子どもができてから早食いになっちゃってねえとこのみはしみじみと言い、せめてもの抵抗に、千春はできるだけゆっくりチーズケーキを食べた。

結局ケーキを食べる間にもいい言い訳とか反論とかが思いつかなくて、千春はこのみをくま弁に案内することになってしまった。

「いい？　絶対にお仕事の邪魔しないでね」

「わかってるって」

千春の忠告を聞いているのかいないのか、このみはくま弁の店構えをまじまじと見ている。古びた漆喰《しっくい》塗りの壁に、緑の蔦《つた》が絡む。まだ早い時間だったので、店の前には客はいない。

「あんまり流行《はや》ってなさそう……」

「いいお店だしもうちょっとしたら開店待ちの行列できるから！」

「わかったよ。ねえ、準備中だから全然見えないよ」

「だから言ったでしょ……」

「まあいいや、ここで待ってればいいの？」

このみは確認して、シャッターの前に立った。このまま開店まで待つのかと、千春は驚いて時計を見た。

「開店まで三十分以上あるよ。他のことしない？　ほら、札幌観光とかさ」

「いいよ、観光より千春の将来の伴侶《はんりょ》が大事」

「…………」

うるさくて、プライバシーなんて全然考えずに人の中に踏み込んでくるから、学生時代から彼女を避ける子もいた。

千春だって、うるさく介入されるのが嬉《うれ》しいわけではないし、今日みたいに困ることだってある。

それでもなんとなく付き合いが続いてきたのは、彼女のストレートな感情表現が新鮮だったからだと思う。

（いや、でもやっぱり困るんだけど……）

だがうだうだしているうちに、シャッターが半分くらい開いて、そこからユウが出てきた。使っている米や産直野菜、オススメの日替わり弁当などについて書いてある黒板を抱えている。

ユウは客に気づくと愛想良く笑いかけた。

「いらっしゃいませ」

「ユウさん、こんにちは……」

「今日はお早いですね」

「はは、それが……」

そこで、ユウが千春の言う相手だと察したらしいこのみが、ずいと一歩前に出た。

「あの！　千春の友人の猪俣このみといいます！　千春がお世話になってます！」

「ちょっと、このみ！」

頼むから余計なことは言わないでくれよという思いを込めて、千春はこのみの腕を引っ張る。

だが、このみはその制止もお構いなく、ユウを問い質《ただ》した。

「千春のことどう思ってますか？」

「このみぃい！」

千春の声は悲鳴になる。

ユウは目を丸くして、それから、ぱちくりと瞬《まばた》きした。

「はい、あの……」

ユウの口から出る言葉を聞くのが怖くなり、千春はこのみの腕を強く引いて、叫ぶように言った。

「すみませんユウさん、また来ます！　今日は失礼します！」

「ちょっと、千春！　痛いよ、手！」

このみが何か文句を言っていたが、千春は彼女を曲がり角の先まで引っ張ってくると、ようやく手を放して、睨《にら》みつけた。

「何考えてるの！　お仕事中で忙しいから顔見るだけって言ってたじゃない！」

「挨拶《あいさつ》くらいしたっていいじゃない」

「挨拶で私のことどう思ってるかとかそんな突っ込んだこと訊《き》かないでよ！」

怒るうちに涙目になってしまっていた。

少しは反省してくれるかと思いきや、このみは腕を組んで反論してきた。

「はっきりしない男はよくないよ」

「はあ⁉」

いきなり店に押しかけて仕事中にあんなことを問い質して、さらに上から人物批評するのか。温厚な千春も震えていた。

「だってさ、千春のことどう思ってるかって訊かれて、鳩が豆鉄砲食らったみたいな、っていうか……きょとんとしてたでしょ。真面目にお付き合いさせていただいてます、くらいのことをすらっと言えなくちゃ」

「このみは私の父親なの⁉　ユウさんからしてみたら結婚の挨拶に来たわけでもないのになんでそんなこと言われなきゃならないのよ！」

千春の至極当然の反論にも、このみは自分の意見を変えない。

「ほら、千春ってあの店のお客さんでしょ？　あの……ユウさん？　からしたら、千春に対して付き合うなり振るなりはっきりした態度を取ることで、お客を一人逃がすことになるかもしれないわけじゃない？」

「は？」

「だからあ、好きじゃないからって振ったら、千春気まずくなって店行かなくなるでしょう？　付き合っても、やっぱりうまくいかなくて別れたら、千春店行かなくなるでしょう？　ほら、ユウさんからしたら、このままがいい、って思うんじゃない？　この状況をずっと続けるっていうのは、ユウさんにとって一番有利なんだよ」

「ちょ……ちょっと、ユウさんそんな人じゃないよ」

「そう？　でもさ、あの人結構恰好《かっこ》いいし、他にも言い寄ってくる人いるんじゃないかなあ。そういう『ユウさん目当て』の客は、ユウさんが千春と付き合ってるって知ったら、店から離れていくってこともあるでしょ？　勿論《もちろん》、千春が店でべたべたするようなあからさまなことするわけないってのはわかるけどさ、何がきっかけでばれるかわからないわけだし。千春と付き合うっていうのは、客を失うばっかりで、ユウさんにとっては良いことじゃないのよ。だから態度をはっきりさせていないんじゃない？　気をつけなよ、千春ってだまされやすそうだしさ、今までそういうことってなかった？」

突然ずきっと頭が痛くなって、とうに忘れ果てたはずの元彼の顔を思い出した。

そんな自分に、腹が立つ。

「だからユウさんはそんな人じゃないってば！」

思わず、強い口調で言ってしまった。

このみは軽く目を瞠《みは》り、千春を見て、ため息を吐いた。駄々っ子をあやすみたいに。

「千春がユウさんのこと気に入っているのはわかるよ。それで目が眩《くら》んでまともな判断できてないんじゃないかなあ？　私の言うことが外れてて千春の言うとおりユウさんって人が悪い人じゃないにしても、脈ないよ。忙しいって言われて、あんまりデートとかもできてないでしょ？　適当に距離取られてるんだよ」

千春の頭に葉桜の前でのやりとりが浮かぶ。

二度目のデートの誘いはかわされた。

黙ってしまった千春の顔を覗《のぞ》き込み、このみは言った。

「好きならはっきりさせればいいじゃない。そんなに答えを聞くのが怖いの？」

……正直、ドキッとした。

このままの関係の方が傷つかずにいられるのは本当だから。

「私は千春のためを思って忠告してるだけだよ。そうだ、誰か紹介してあげるよ。千春ならもっといい人いるから――」

「いいよ、やめて」

「だって千春って昔からちょっと奥手でしょ。男の子いるとすぐに私の後ろに隠れちゃうみたいな感じでさ」

「高校時代の話でしょ。心配してくれてるのはわかったけど、今はそっとしておいて」

「何年『そっとしておく』の？」

眉《まゆ》をひそめて呆《あき》れたみたいな顔で言われて、さすがに千春も限界だった。

「私はこのみの子どもじゃないの！　この件でこれ以上口を出さないで！」

このみは腕を組み、不満そうな表情で言った。

「とにかくあの人はやめた方がいいと思う!」

「………」

駄々をこねる子どもみたいにふくれっ面でくま弁がある方を睨みつけている。何がそんなに不満なのか、千春には友人の考えがさっぱりわからなかった。

結局、ふて腐れたみたいな顔のまま、このみは言った。

「今日はもう帰るね」

数年ぶりの再会だったが、そうしてもらった方が助かる。このあとも同じ話題を持ち出されたら、千春も何を言ってしまうかわからない。

「じゃあね。あ、愛佳にプレゼントありがとう」

「……うん」

千春は言葉少なにこのみを駅まで見送った。

一人になって部屋に戻ると、千春はケーキの皿が出たままのテーブルに突っ伏して鬱々《うつうつ》と考え込んだ。

(私はこのみに何を期待していたんだろう……)

つらつら考えてみると、やはり千春はこのみにユウのことをいい人だねと言ってほしかったのだと思う。千春が大事に思っている人を、友人のこのみに否定されて、びっくりしたし悲しかった。ユウが、このみが言うような人間ではないことはわかっているが、それをこのみに説明しきれなかったのも、だまされやすそうと言われてあの二股《ふたまた》男を思い出してしまったのも悔しかった。

ユウとの関係が曖昧《あいまい》だとか、千春が怖がっているとか、否定しきれないこともあった。

そもそも、このみはどうしてあんなに頑《かたく》なにユウを否定するのだろうか。

元々共通の知人だったとか、話したことがあるとかならまだわかるが、今日顔を合わせたばかりの相手だ。

千春のことはともかく、初対面のユウをあんなふうに悪しざまに言うなんて、何か理由があったのだろうか。

「はあ……」

思わずため息が漏れる。

学生時代の友人とは、少しずつ疎遠になっている。別に嫌いになったとかそういうわけではなくて、日々の忙しさから自然と連絡を取ったり会ったりする頻度が減っている。

このみとも、このまま、連絡を取らず、お互いに距離を取っていくのだろうか。

高校の頃は、喧嘩《けんか》をしても何があっても翌日もこのみと顔を合わせていた。最初は気まずくても、そのうちに昨日のことがどうでもよくなって、また笑い合えた。

そんなふうには、もうできない。

このみはしばらく実家に泊まると言っていた。明日《あした》になってもこのみは実家だろうし、千春は会社だ。距離を取ろうと思えば、簡単に取れてしまう。

どうしてこのみがあんなことを言ったのか、知ることもないまま。

そのとき突然音楽が鳴り響いて、千春は驚いて体を起こした。

部屋を見回して、クッションをいくつかひっくり返し、ようやく音楽の源を見つけた時には、それはもう鳴り止んでいた。

音を出していたのは、ケースに入ったスマートフォンだった。

千春のものではない。

ラインストーンがちりばめられたピンク色の華やかなケースは、宝石箱みたいで、このみの趣味が反映されていた。

千春はしばらくそのケースをじっと見つめて、小さくため息をついて拾い上げた。

❄

待ち受け画面に表示された発信元の名前は『お父さん』だった。

愛佳のことはこのみの父親が見ていると聞いていた千春は、何かあったのかと心配したが、すぐにまた同じく『お父さん』から電話がかかってきたので、少し緊張しながらもそれに出て、事情を話した。

幸い、特に緊急の用事があったわけではなかった。このみがスマートフォンを置いていったことを知った父親は呆れたような声を出し、千春がこのみの家まで届けることを申し出ると、最初は丁重に断ろうとした。

だが千春が強引に押し切った。

このみのスマートフォンはケースの分千春のものより少しかさばる。それをバッグに入れて、初夏の日が暮れる前にはこのみの祖父母宅に辿《たど》り着いた。

このみの祖父母宅は札幌の中心部から地下鉄で数駅、円山の斜面の途中、閑静な住宅街にあった。

片流れの屋根を持つ大きな二階建ての家で、表札にはこのみの旧姓である関根《せきね》とある。南向きの広い庭には季節の花々が彩りよく植えられて、西の隅では大きなサクランボの木が実をつけた枝をガレージの上まで伸ばしていた。

赤く実ったサクランボは、収穫されることなくずいぶんたくさん地面に落ちていた。

応接間の窓からその様子を眺めていると、このみの父親がお茶を出してくれた。

このみの話では、東京で仲間とベンチャー企業を立ち上げ、それが軌道に乗ったのちは株を売って早期リタイア、二年ほど前から東京と札幌を往復しつつ両親と故郷の札幌で暮らしているそうだ。普段着の今は、頬の皮膚が少したるんだ感じの、柔和そうな人だった。ずり落ちてきた眼鏡を押し上げて、テーブルの上に置かれたこのみのスマートフォンを見やる。

「わざわざすみませんね。このみのやつ、それにしてもどこに寄り道してるんだか」

「いえ……もしかしたら、忘れてたことに気づいてうちまで取りに戻ったのかもしれませんね……」

もしそうなら、千春がわざわざ届けたことが裏目に出てしまった。

ふと気づくと沈黙が降りていた。このみの父親——関根の方を覗《うかが》うと、彼も先ほどの千春のように庭をじっと見ていた。

「……立派なサクランボの木ですね」

千春がそう声をかけると、関根は、ええ、と答えた。

「このみが小さい頃はよく木に登ったり、あのガレージの上に登ったりして、実を採ってたものなんですがね。孫はまだそうやって登らせるには小さくて……」

このみの娘、愛佳は隣のリビングで寝ている。遊び疲れて、おやつを食べながら先ほど眠ってしまったそうだ。

「最近はばたばたしていたものですから……部屋も庭も散らかっていてすみません。

このみも手伝ってくれているんですが、なかなか手が回らなくて」

「あ、いえ、そんな……」

応接間は綺麗《きれい》に片付いているが、玄関からここに通されるまで廊下にも、積み重ねて縛った古い雑誌が置いてあった。ちらりと見えたリビングも食器が入っているらしい箱が積まれていたり、段ボール箱が床に置かれていたり、引っ越しの最中みたいな感じだ。

「…………」

千春はそこでようやく勘づいた。このみは何も言ってくれなかったが――

「あの、今日はこのみさんのおじい様とおばあ様は……」

最後まで言う必要もなかった。関根は千春の顔を見て、ああ、と納得したような声を上げた。

「このみ言ってなかったんですね。父は去年、母も今年の三月に……」

「それは……」

一瞬絶句して、千春はお悔やみの言葉を言った。

千春も、このみの結婚式で彼女の祖父母に会っている。膝《ひざ》の悪い祖母の隣に祖父が寄り添っていて、二人とも幸せそうにこのみの花嫁姿を見ていた。

このみは、何も教えてくれなかった。

おじいちゃんとおばあちゃんの家にいるとしか言わなかったし、まるで二人が健在みたいに話していた。

「……このみは、元気にしてましたか?」

関根は千春にそう尋ねると、少し寂しそうな、困ったような笑みを浮かべて、庭を眺めた。

「このみは、小学校時代はこの家で過ごしていたもので、ここ二年くらいしかいなかった私なんかより、どこに何があるか詳しくて。特に季節ものとか、古いものとか。ただ、その分思い出もあるんでしょうね、よく、難しい顔してます。愛佳が心配するからと、ほとんど泣きはしないんですが」

そういえば、両親が離婚して子どもの頃は北海道で過ごしたとちらりと聞いたことがある。東京で父親と暮らし始めたのは中学に入ってからだと。

「私と会った時は元気そうにしてましたが……」

そのとき小さな泣き声が聞こえてきた。すみませんと断って、関根は応接間を出てリビングへ急いだ。千春も許しをもらってついていくと、彼は寝起きでむずがる孫娘を抱き上げていた。

体を丸めて必死にしがみつく女の子は、いやいやをするように顔を関根の肩に擦《こす》りつけている。高い位置で結んだ髪が乱れて、あちこち跳ねている。小さな指が関根のシャツに皺《しわ》を作る。その背をぽんぽんと叩《たた》く関根は完全に『おじいちゃん』だった。

「ままぁ……」

「お母さんはもうすぐ帰るからね」

関根がそう言い聞かせた時、ドアが開く音がして、ちょうど玄関からこのみが入ってきた。

「ただいまー！」

「ままー」

祖父の腕から下ろしてもらった愛佳が、とたとたと母親の元へ走っていく。このみは買い物袋を下ろして愛佳を抱き上げると、千春に気づいて目を丸くした。

「あれ？」

「スマホ、うちに忘れてたよ……」

「ああ！」

びっくりした顔のあと、彼女は屈託なく笑った。

「そっかあ、わざわざありがとう」

「ううん……」

そのときになって、愛佳は今日初めて千春を見て、知らない人がいると警戒したのか、ぎゅっとこのみにしがみついた。

このみは愛佳を連れて駅まで送ると言った。

ちょうど夕飯時で周囲の家からは炊事の匂いが漂っているが、日の長い季節だったので、まだ空は明るさを留《とど》めていた。

高緯度にある札幌は、東京よりこの時期日が長い。

車通りの少ない住宅街の道を、愛佳は楽しそうに母親と手をつないで歩いている。

「ねえ千春、さっきはごめんね」

急にこのみがそう言って千春を振り返った。

「ほら、千春の彼氏のこと。干渉しすぎだよね。あんなふうに断言してさ」

「か、彼氏じゃないけど……」

千春の言葉に、このみが一瞬呆《あき》れた顔をする。

「そういうふうにいちいち訂正するから、こっちも心配になるんだよ」

「……そうだね」

「とにかく、さっきのは言い過ぎたなあって。ほら、買い物して帰りながら、ずっと思ってたんだ。だから、今日もう一回会えてよかった」

「うん……私も、実はこのみに会いたくて。あのままだと、ちょっと……私が怖《お》じ気づいてたのは本当のことだし、それ言われて、カーッとなっちゃったのもあって……」

「いいよお！　私が挑発するようなこと言ったんだしさ」

　このみがそんなふうに言ってくれるのは嬉《うれ》しいが、喧嘩《けんか》別れしたのはほんの一、二時間前のことだ。その短時間で考えを変えたのは何故なのか。

　いいや、むしろ、今のこのみではなく、先ほどの、ユウについて散々文句を言っていたこのみがおかしかったのだ。確かにこのみはきついところがあるが、ろくに話したこともない相手をあそこまで悪く言うことは、今までなかったように思える。

「あのさ……さっき、どうしてあんなふうに、ユウさんのこと話したの？　たとえば、なんだけど、このみが前に似たようなことを経験した、とか？」

「え？　ああ、そういうわけじゃないよ。私、そもそもそんなはっきりしない関係嫌だし、たぶん千春の状況なら自分からはっきりさせちゃう」

「……まあそうだね」

「そうじゃなくてさ」

　このみはちょっと言いよどむ。不意に愛佳がその手をするりと抜け出した。住宅街の中にぽつんとあった小さな公園へと、歩道を一目散に駆けて行く。このみも千春も慌てて追いかけた。

　子どもに追いつくと、このみは怒った顔を作ってかがみ込んだ。

「もう！　いきなり手放したら危ないよ。それに今日は千春お姉さん送るだけなんだから、遊ばないよ」

「あ、いいよ。遊んでいっても。私なら時間あるし」

「ブランコ！」

愛佳が目を輝かせてブランコに駆け出し、ブランコの鎖を摑《つか》むと、母親を振り返って叫んだ。

「ままも！」

付き合わせてごめんね、とこのみは千春に断って、愛佳を抱っこしてブランコに腰を下ろした。大好きな母親とブランコに乗れて、愛佳は楽しそうだった。

「ん！」

「ん？」

突然愛佳が千春を指さし、隣の空いているブランコを指さした。千春も乗れということらしい。

ブランコなんて何年ぶりだろう。千春は鉄くさい匂いのする鎖を摑むと、腰を下ろして ゆっくりと漕《こ》いだ。足を曲げてもつま先が地面を擦《こす》ってしまって、うまく漕げない。

「そうじゃなくてさ」

ふと、隣のこのみがそう言った。そういえば、さっきも同じ言葉を言っていた気がする。

「何？」

「私、弁当屋さんって嫌いだったからさ」

一瞬なんのことかと思って、ああ、ユウのことかと気づいた。

「嫌い……？」

「弁当屋さんだけじゃなくて、コンビニとかのもそうだけど。とにかく、市販の弁当って嫌いなの」

「えっと……どうして？」

「だって、揚げ物が多くてべたべたしてるしさ、味濃いし、野菜少ないし。続けて食べてたら肌の調子もおなかの調子も悪くなる。カロリーだって高いでしょ」

「……………」

確かに、そういう弁当もあるだろう。

「えーっと、でも、くま弁はそういうのじゃ……」

「じゃあさ、千春、弁当屋さんのお弁当、夜の遅い時間に食べて罪悪感わかない？　揚げ物とかさ」

「……………」

夜の遅い時間。

千春はそもそも夜遅くにくま弁を利用することも多い。くま弁は揚げ物以外のお弁当も色々あるが、勿論《もちろん》揚げ物も美味《おい》しい。ミックスフライ弁当、カツ盛り弁当、カツカレー、彩り天丼、ザンギ弁当……どれも揚げ物だ。正直なことを言えば、二十二時過ぎにカツ盛り弁当を注文しかけて、やっぱりやめて筑前煮《ちくぜんに》と玉子焼きの弁当にした経験はある。夜遅くの揚げ物は、やはり、こう、体重的な意味でも、健康的な意味でも、あまり頻繁に摂取したいものではない。

「それはそれで、揚げ物以外にも選択肢あるし……」

「まあ、最近はコンビニ弁当も色々あるみたいだしね。でも、私は嫌いなんだよね。お父さんと暮らし始めた頃、ほんと、嫌になるくらい食べたから」

愛佳がブランコから降りて、砂場へ駆けて行く。

「……小学生の頃、お母さんが家を出て行っちゃったの。お父さんが脱サラして始めた会社がうまくいかなくて、なんか色々あったみたい。それで、私はお父さんと二人で暮らし始めた。でも、お父さんごはん作れるような時間に帰れなかったし、結局コンビニとか弁当屋さんのお弁当とかが晩ごはんでさ。最初は物珍しかったけど、味が濃くてすぐに飽きて、しかも遅い時間に食べてたのもあって太っちゃってクラスの男の子から馬鹿にされるし。しかも、お父さんも根を上げて、すぐに北海道のおじいちゃんとおばあちゃんに私を預けたの。だから、小学校の間はおじいちゃんとおばあちゃんに育ててもらった。お父さんとまた暮らし始めたのは、私が中学校に上がってから」

このみは話しながらきいきいとブランコを漕ぐ。夕闇は徐々に濃くなり、ブランコに乗ったこのみと千春の影も長く伸びていた。

「それからは、私がごはん当番。手抜きもしたけど、おばあちゃんに教えてもらってたから、結構ちゃんとしたもの作ってたよ。学校で食べるお弁当もね」

高校時代、このみも千春も弁当だった。このみが毎日どんな弁当を持ってきたのか千春もはっきりとは覚えていないが、小ぶりな弁当箱に彩りよくおかずが詰まっていて、華やかではないが、可愛らしい、普通の女子高生のお弁当だったと思う。

「このみに食べさせてもらったチーズハンバーグが美味しかった……気がする……」

「あ、千春の家のシュウマイ美味しかったよ。交換したんだよね」

そうだったろうか。七、八年前のことだが、もう記憶は曖昧《あいまい》で、捉《とら》えどころのない『思い出』になりかわっている。

「最近さあ、昔のことばっかりよく思い出すの。高校の頃とか、もっと遡《さかのぼ》って、北海道でおじいちゃんおばあちゃんと暮らしてた頃のこととか。どうしてかな、時間が巻き戻っちゃったみたい」

きいきいという音が静かな住宅街に響く。古い住宅が多く、一見して公園で遊ぶ子どもがいそうには見えなかったが、公園はよく整備してあった。考えてみれば、この公園で、小学生のこのみも遊んだのだろう。

音が小さくなって、このみがブランコを漕ぐのをやめた。

「おばあちゃんのお弁当が美味しくてさ」

そう言って、このみは愛佳を見つめる。愛佳は道具もなしで一人で遊ぶのに飽きたのか、また戻ってきてこのみの膝《ひざ》によじ登った。

「北海道に来て、すぐだったから、六月の、このくらいの季節かな。おじいちゃんと、私と、おばあちゃんで、公園かどこかに行ったんだ。芝生の上でお弁当を広げてね。たけのこごはんよっておばあちゃんが教えてくれた。たけのこがみずみずしくて、美味しかった。まだ私も小さくてさ、お母さんに置いて行かれて、お父さんとも離れて不安もあって……でも、なんだかよくわかんないけど、そのお弁当食べてたら、嫌な気持ちが薄れていったの。ほっとしたのかなあ。愛佳にも作ってあげたかったんだけど、作り方教えてもらってなくてさ。色々試したけど、なんか違うんだよねえ……」

まあ、状況のせいかもしれないけど、とこのみはぽつりと呟《つぶや》いた。

「だってさ、あのとき、雪が降ってたの」

「雪？　六月に？　札幌で？」

さすがに北海道と言っても、札幌の平地で六月に降雪なんて聞いたこともない。

「札幌だよ。それに山とかじゃなかったと思う。普通に気温もこれくらいでさ、外にいても寒くないのに、雪が降ってきたから、びっくりしたんだ」

「そうなんだ……」

「すごいすごいって私がはしゃいでて、おじいちゃんもおばあちゃんもニコニコしてて、そういう状況だから、余計に特別な感じがしたのかも。だからきっと、再現なんて無理だと思うんだよね」

あーあ、と言ってこのみは天を仰いだ。

「今食べられたら、どんな味するのかな。あのときみたいな気持ちになれるのかなあって。最近、そんなことばっかり考えてる」

このみが見ているのは六月の空だ。透き通った青が美しい。夕暮れ時で涼しくなってはきたが、到底雪が降るとは思えない乾燥した空気だ。

「まあ、とにかく、私にとっては、おばあちゃんのお弁当こそが『お弁当』なの。家で手作りでないと。千春の彼がお弁当屋さんって聞いて、なんか嫌な感じしちゃってさ。私の暴走だった。ごめんね、嫌な思いさせてさ」

「うん、もういいよ」

「あっ、でもはっきりしない男がだめって話は変わらないからね！」

「ちょっと、このみ」

「冗談だよ」

そうは聞こえなかったが、千春は聞き流すことにした。

「じゃあ、そろそろ行くね」

「あ、ごめんね、送るって言ったのに、うちの子の公園遊びに付き合わせちゃった」

「いいよ、次はもっと遊ぼうね、愛佳ちゃん」

愛佳は話しかけられても母親の体にぎゅっと抱きついて顔を隠してしまう。さっき千春をブランコに誘ってくれたが、別に心を許したわけではないらしい。結構頑固そうで、そういうところもこのみに似ている気がした。

「……おじいさまとおばあさまのこと、残念だったね」

「ああ、お父さんから？　そうだねえ、愛佳の成長もうちょっと見守ってもらえると思ってたから……私もさ、色々相談してたんだよねえ。ほら、結婚も子どもも早かったから、周りの友達とは話合わなくてさ」

そう言って、ちょっと申し訳なさそうに千春を見やる。

「それもあって……その、千春に子ども産めー、みたいなこと言っちゃったんだと思う。ママ友になったら、話色々できると思っちゃって……」

「このみ……」

このみは手を合わせて、頭を下げた。

「ごめん！」

「……そりゃ、ママ友とは違うかもだけど、話くらいはいつでも聞くからさ……」

「うん……」

このみは顔を上げ、ありがとう、と呟いた。

顔こそ高校時代より年を重ねてはいたが、そこに浮かぶ表情は高校時代よりもむしろ脆《もろ》く、不安げに見えた。

それは、父と離れ、北海道に来たばかりの小学生が顔を出したみたいにも見えた。

❄

暑くなる季節に向けて、ステーキソースは梅味。ソースと大根おろしがたっぷり絡まったステーキを、ぱくりと一口。サーロインの脂身を、梅とおろしが驚くほどさっぱりと、食べやすくしてくれる。

(美味《おい》しい……)

少なめのお肉でも満腹感を出すために、揚げなすも添えられて、ボリュームも文句なし。千春は三切れ目のステーキを食べる前にふとユウの視線に気づいて、我に返った。

「あっ、美味しいです」

試食を頼まれたのに、感想を口に出していなかった。

営業時間内だが、客足はぐっと減ってくる二十二時半。くま弁の休憩室で、千春はユウに頼まれて夏の新メニューの試食をしていた。

「グレープフルーツのチキンソテーもよかったですけど、こっちの方が好きかな。お肉が美味しくてボリューム感じられるし、さっぱり食べられて、食欲なくてもいけそう」

「ありがとうございます。問題はコストですね……」

「あ、やっぱり……」

元々くま弁はワンコイン弁当が売りだ。

だが安さでは到底スーパーの三百円を切る弁当にかなわないので、いっそのことちょっと高めの——といっても千円しない程度の——弁当も作ってみてはどうかという話になっている。

それにしても美味しいなあ、と千春は三切れ目のステーキを改めて味わいながら思う。

千春にとって、くま弁のお弁当は特別だ。日々の仕事帰り、あるいは休日の終わりに嚙《か》み締める最後の食事。

置かれた状況によって、味わいも異なるだろう。祖母の弁当を再現しようと色々試したものの、何か違っていたとこのみは言っていた。来たばかりの北海道で、六月に雪なんて不思議な状況なのだから、おばあちゃんのお弁当は、このみの中で、きっと特別な、鮮烈な思い出になっている。

(六月に雪とたけのこごはんか……)

それにしても、不思議な話だ。

「千春さん？」

気づくと、ユウが千春の顔を覗《のぞ》き込んでいた。その長いまつげまで見分けられ、千春はぎょっとして姿勢を正す。

「はいっ？」

「あの、何かありましたか？」

「いえ……」

考えに没頭して、ぼうっとしていたらしい。千春は一度は否定しつつも、言い直した。

「あの、実はこの前の友人のことで……その、すみませんでした。開店前のお忙しい時にお騒がせして」

「ああ、いいんですよ、そんなふうに何度も……」

このみのことではすでに謝っているので、ユウも困り顔の反応だった。

「それで、彼女のお弁当の話が、ちょっと、不思議だったもので……」

「不思議というと？」

六月の札幌、雪、おばあちゃんのたけのこごはん……というこのみの話をすると、ユウは考え込むような顔をした。

「六月の雪ですか……」

「不思議ですよね。そのせいか、このみ……あの、友人ですが、このみも、あれは普通のたけのこごはんと違うって言っていて……」

「ああ、そちらはたぶん、ご説明できると思います」

「え？」

ユウがあっさりと言うものだから、千春は耳を疑ってしまった。

「孟宗竹《もうそうちく》の北限は函館《はこだて》辺りだそうですから、たぶん季節からしてもそれは姫竹《ひめたけ》のたけのこごはんだと思います」

「もうそうちく……？」

「本州以南で一般的に見かけるたけのこのことです。一方、姫竹は根曲がり竹とか笹の子とか笹竹とか呼ばれていて、北海道や東北地方で採れます。北海道のスーパーでも九州産などの孟宗竹を売っていますが、北海道でたけのこというと、こちらの方を指す場合も多いかと」

「へえ〜」

「孟宗竹より細くて柔らかく、あくも少ないんです」

そういえば、このみはたけのこがみずみずしくて……というような表現をしていた。柔らかくてあくが少ないのなら、そういう表現になるかもしれない。

そして、小学校までしか北海道にいなかったこのみは、姫竹のことを知らずに、東京のたけのこ、つまり孟宗竹でたけのこごはんを作り、何か違うと感じていた、と……。

「六月というのであれば、姫竹のシーズンですし」

「そっか、それじゃあこのみが北海道にいる間に食べられるかもしれないですね！」

今も六月、季節は合う。

「あ……でも、六月に雪って、あり得るんですか？　私、話を聞いた時、四月とか、もっと早い時期と勘違いしたのかなと思ったんですが……」

「六月に札幌の平地で雪というのは僕も聞いたことがありません。五月の頭くらいならあるそうですが……でも、思いつく可能性は一つあります」

「なんですか？」

「六月に雪のように空から降ってくるもの、ですよ」

「…………？」

千春は考えても思いつかない。難しい顔で黙り込む千春に、ユウがミニキッチンでお茶を淹《い》れて持ってきてくれた。

「あ、いただきます」

「お話からすると、お友達のおばあさまは……」

「ああ、そうなんです、亡くなってます。レシピも教えてもらってなかったみたいで……このみも色々試したみたいなんですけど、きっと再現なんて無理だろうなって言ってて。ほら、状況が特別だったから、それですごく特別な味になってるんだろうなって」

「確かに、そういうことはありますね」

「このみにとって、おばあちゃんのお弁当は特別だったみたいなんです。市販のお弁当は嫌いだって言っていて。揚げ物が多いとか、野菜が少ないとか、カロリーが高いとか、夜に食べると罪悪感を抱くとか……」

「罪悪感……」

「あのー、夜遅くに揚げ物の入ったお弁当を食べるのは、どうなんだっていう……あ、すみません、ユウさんにこんなこと……」

あまり弁当屋さんを前にして言うことではなかった気がする。

「千春さんもそういう気持ちになることありますか？」

「……まあ、時には」

　ユウは少し考えてから口を開いた。

「お疲れの時や、あんまり遅い時は、確かに胃にもたれる揚げ物は避けた方がいいのではないかと思い、別のものをオススメすることはありますが、罪悪感というのは、なんだか、思ってもみなかった言葉で」

「明日《あした》の自分への罪悪感、ですね」

「太ってしまうとか？」

「そう！　あと、朝起きても消化できてなさそうとか……」

「脂質は消化に時間がかかりますからね。寝る前に食べるなら、やはり消化しやすいものがよいでしょうね」

「そうですよねえ。でも軽すぎても物足りないし……」

　ユウは何ごとか考え込み、ぶつぶつと呟《つぶや》いている。千春は彼の顔を覗き込み、名前を呼んだ。

「ユウさん？」

「あ。すみません。ちょっと新商品のことで……」

「えっ、どんなのですか？」

「いえ、それはまた後で、もう少し形になってから。それより、千春さんのお友達が姫竹をお求めなら、熊野の知人に山を持っている人がいて……」

「山？」

「はい。姫竹も採れるそうで、去年も今頃の時期にたくさん送ってくれたんです。ですから、おわけすることもできると思います」

「そうなんですか！ それ、是非お願いします！ このみも喜ぶと思います！」

姫竹を使ってたけのこごはんを作れば、このみが食べたがっていた小学生の頃の味に近づくだろう。勿論《もちろん》、おばあちゃんのお弁当そのものではないが、少しは彼女を元気づけられるのではないだろうか。

「もしよければうちでたけのこごはんもお作りできますよ」

「！ そっか、それなら行楽弁当はどうでしょう？ ほら、このみ、おじいちゃんおばあちゃんと外で食べたから。当時の状況に近い方が、食べてても楽しいかも。最近は季候も良いし」

先日外でジンギスカンをした時も、陽光の下だからこその美味しさがあった。雪は無理でも、そういった雰囲気は大事だろう。

しかし、そこではっと我に返る。

このみはそもそも、弁当屋さんが嫌いなのだ。

「どうかしました？」

急に黙り込んだ千春を心配して、ユウが声をかけてくれた。

「あー……いえ、私ばっかり盛り上がっちゃいましたけど、このみは自分で作りたがるかなと思って。弁当屋さんのお弁当、あんまり好きじゃないみたいで……」

「なるほど……うちとしては、姫竹お譲りするだけでもいいですし、レシピも必要なら用意しますよ」

「ありがとうございます！　ちょっとこのみに話してみますね！」

千春は早速スマートフォンを取り出したが、時間を考えて電話はやめた。明日の朝届くようにメッセージを送ろう。

だが、翌日昼頃このみから届いた返事は、意外なものだった。


「ねえ、お弁当作ってほしいって、どうして？　いや、勿論、文句があるわけじゃなくてね……」

千春は終業後の二十時、弁当の待ち時間に店の外でこのみと話した。スマートフォン越しに、背後でままと呼ぶ愛佳の声も聞こえてくる。

『だってユウさんが作るんでしょ。どうせなら試してみたいじゃない』

試す……？　千春は思わず眉根《まゆね》を寄せた。

『ほら、食べれば色々わかるでしょ。手を抜いたり、適当にごまかしたりするような人間じゃ、千春は任せられないからね！』

「……この間謝ってきたのはなんだったの……？」

『そうそう、それから千春のオススメ通りに行楽弁当にしてもらえる？　その方が色々品目あってテストのしがいがありそうだから！』

「………………」

だめだ、今のこのみは『娘が彼氏を連れてきた父親』の心理になっている。少し……いや、かなり鬱陶《うっとう》しいが、実際にユウの弁当を食べればこれ以上の文句は言わないだろう。

それに、とこのみがさらに付け加えて言うので、千春は警戒した。

『この季節に外で食べるの、気持ちいいし。日程が合えば、千春も一緒にどうかな？ほら、高校時代って、毎日一緒に食べてたから』

それは千春としても嬉《うれ》しかったので、喜んで受けた。

電話を切って店に戻ると、千春の注文したおろしカツ弁当がちょうどできたところだった。

「ユウさん、このみ、行楽弁当お願いしたいって言ってます」

「そうですか。日程とご予算はお決まりですか？」

「えーと、このみから後でお店に連絡するって言ってました」

「かしこまりました」

その日以降、千春はほぼ毎日くま弁に通った。

このみが好きそうなおかずを思い出してはユウに伝え、おかずの試食にも立ち寄った。このみが学生時代に持ってきていた弁当は彼女の自作だったから、味の傾向もこのみの趣味が反映されているはずだ。交換したおかずや、彼女が美味《おい》しいと言った料理などを思い出しながら、このみのための行楽弁当作りに精を出した。

「誰が作ってんだかわかんねえな」

と呆《あき》れ半分で言ったのは熊野だ。

とはいえたけのこごはんだけはどうにもわからなかったから、本番一本勝負だ。

千春は緊張し、興奮しながらもその日を迎えた。

❄

人と人との繋《つな》がりは、薄くなったり、途切れたり、かと思えばふとしたことで強固になったり、絡み合ったり。不思議なものだ。

そういう中で、学生時代の友人が今も自分と連絡を取ってくれること、会ってくれること、そして関係を結ぼうとしてくれていることは、とても嬉しいし、貴重なことなのだと思う。

約束の日、このみとは駅からくま弁へ行く途中で出会った。

「千春！」

今日も愛佳はこのみの後ろに隠れて、千春には顔も見せてくれない。

母親のこのみの方は相変わらず華やいだ笑顔で、千春を迎えてくれた。

今日はこのみの父親の関根も一緒だった。愛佳は彼には懐いているらしく、祖父に
母親の頭より高く抱き上げられると、きゃっと嬉しそうな声を上げる。

閉ざされたシャッターの脇にある小さな玄関扉の呼び鈴を押すと、すぐに熊野が出
てきて、愛想よく挨拶《あいさつ》した。

「やあ、いらっしゃいませ。お待ちしておりました」

期待に胸を弾ませて千春はこのみを見やった。彼女も同じように期待しているかと
思って。

だが、このみは少し強《こわ》ばった顔をしていた。

店に入ると、カウンターの向こうで作業していたユウが、にこにこと笑顔で出てき
た。

「いらっしゃいませ！　今ご用意しますね、少々お待ちください」

「はい……」

やっぱり、このみの声には緊張が滲《にじ》んでいる。

「中身のご確認を……」

「いえ、いいです」

楽しみにしていたわけではなかったのか？　千春は会計するこのみの様子を覗《うかが》った。

会計が終わると、ユウがエプロンを外しながら言った。

「それでは、ご案内しますね」

「？　案内？」

千春に訊《き》かれて、ユウが答える。

「実は、猪俣様との打ち合わせで、以前お弁当を召し上がったところの目星がつきまして、今回そちらに僕がご案内することになったんです」

「ああ、そうでしたか！　場所、わかってよかったね、このみ」

「うん……」

このみの表情はどこか暗い。不安そうだ。

「どうしたの？」

「………だって、いや、うん、なんでもない……」

その間にも、ユウは熊野に留守を頼んで、車の鍵《かぎ》を手に取った。

このみがぽつりと本心を漏らしたのは、車での移動中だった。

熊野所有のワゴン車には、後部座席にきちんとチャイルドシートも用意してあった。知人から借りたものだという。愛佳はちょっとぐずったが、車が動き出して大好きなアンパンマンの音楽が流れるとおとなしくなった。

「はあ……」

小さなため息に、千春は思わず隣を見やる。千春とこのみは三列目で、関根と愛佳が二列目だ。

「……何か心配?」

「うーん」

唸《うな》ってから、このみは車中にかかるアンパンマンの歌に紛れるほどの声で、ぽつぽつと語り出した。

「だってさ、そりゃ、大事な思い出のお弁当だもん。変なもの出てきたらどうしようとか、不安にくらいなるよ。やっぱり、材料だけ譲ってもらった方がよかったのかなあとか……それなら、うまくできなくても、自分で心の区切りがつけられそうだなって」

変なものとはすごい表現だが、他人任《ひとまか》せ、しかも好きでもない弁当屋に任せてしまうよりは、自分で責任を取るべきだったのではないか……という悔いはこのみらしい。

だが、それはもっと早く気づくべき点だったのではないだろうか……。

このみは深くため息をついた。

「あーあ、テストできるとか思って張り切って注文しちゃったけど、失敗だったかなあ」

「……色々な意味で思うけど、ほんとこのみらしいよ」

しみじみと呟《つぶや》いて、千春はフォローのつもりで付け加えた。

「別に、気に入らなかったら改めて材料手に入れて自分で作ればいいんだし、そんなに構えなくてもいいんじゃない？　ほら、今までだって、お店とかでたけのこごはん注文したことくらいあるでしょ？　それと一緒だよ」

「まあ……ね。なんとなく、身構えちゃって。場所の目星もついたって聞いて……」

千春は車窓を見やった。

「そんなに遠くないって言ってたけど……」

くま弁のある豊水すすきの駅近辺から、北上することしばし。まだ札幌の中心街だ。

ユウは、札幌駅近くのコインパーキングに車を停めた。

「こちらです」

ユウが弁当の入った風呂敷《ふろしき》包みを抱えて、このみたちを先導する。愛佳はこのみと関根に挟まれて手をつないでもらい、ご機嫌だ。高い位置で結んだ髪が、右に左に揺れている。ちらっと千春を見やり、初めて笑った。千春も思わず笑顔になる。

「ああ、やっぱり」

しばらく行くと、関根がそう呟いた。

何かと思って顔を上げると、生い茂る緑と、石造りの門が見えてきた。

大学の正門だ。

「昔、父が勤めていたんです」

関根はそう言い、懐かしむような目を正門に向ける。このみの方は、少し意表を突かれた顔だ。

「おじいちゃんとおばあちゃんとお弁当食べたの、公園だと思ってたけど……」

「父さんはあの頃まだ非常勤で大学にいたから、一緒にお昼を食べようって母さんがおまえを連れて行ったんじゃないか？」

「そうだったかな……？」

不思議そうな顔のこのみに、ユウが説明した。

「他の場所の可能性もありますが、少なくともここなら『六月の雪』が見られますし、おじいさまにもゆかりの場所なので、今回はこちらで召し上がっていただこうかと思いました」

「大学構内で食べるんですか？」

「観光客の方や市民の方にも開放されているので大丈夫ですよ」

そういうものなのか。確かに門のところに警備員はいるが車の出入りをチェックしているだけで歩いて入る分にはまったく呼び止められない。千春は緑溢《あふ》れる敷地を興味深く眺めた。

幅の広い通り沿いに植えられた木々は太く高く、青々と葉を茂らせている。広い緑地も美しい。その中に、開拓期を思わせる古風な木造の講堂や、ガラスが一面を覆う大きな図書館などが立つ。様々な年代の建物は、長い歴史を感じさせた。

土曜日だからか、カメラを持った観光客らしき姿もちらほら見える。

「広い……」

建物と建物の間に余裕があって、やたら緑が多いから、余計に広々と見える。札幌駅から徒歩圏内にこんな広大な場所があるなんて、ちょっと贅沢《ぜいたく》な感じさえする。

ユウはその中でも中央ローンという広い緑地を選んで、敷物を敷いた。

周りにはのんびりお弁当を広げている親子連れや、サークルだろうか、ダンスの練習をしている学生の集団なんかもいる。

選んだ場所の近くには、綺麗《きれい》な人工川が流れていた。かつて流れていたサクシュコトニ川を近年人工河川として復活させたものだという。

「お弁当の用意できましたよ〜」

ユウの声に振り返って見ると、五人がゆったり座れる敷物の上に風呂敷が広げられ、そこに風呂敷包みの中身が並んでいた。

まず、まだ蓋《ふた》がされたままの花籠《はなかご》が四つ。一つは他より小さく、おそらく愛佳のものだろう。

それから保温ジャーで持ってきたというお吸い物がお椀《わん》に注がれている。愛佳は椀の中の手鞠麩《てまりふ》を見て喜んでいる。

千春と関根の視線を受けて、このみが花籠の前に座った。

どうぞ、とユウに促された彼女は、傍目にも緊張が伝わってくるような顔で深呼吸したのち、蓋を取る。

その目が、驚きに見開かれた。

「綺麗」

そう言ったきり、黙り込んでしまう。

千春も自分の前に置かれた花籠の蓋を取った。

花びらを模しているのだろう、それぞれ色の違う五つの器が籠の中に収まっている。

真ん中には俵形に握られた可愛らしいたけのこごはん。

天ぷらの器で一番目立っているのは細い姫竹を半割りにして揚げた姫竹の天ぷらだ

し、焼き物も姫竹を皮ごと焼いたものがエビの塩焼きより存在感を放ち、煮物も姫竹とわかめの若竹煮に蕗《ふき》が添えられている。他にも初夏の陽光に煌《きら》めくゼリー寄せ、旬のいちごなど盛りだくさんだが、あくまでメインは姫竹、そういう感じがして、なんとなくくま弁らしい素朴な雰囲気もあった。

姫竹以外の料理は千春も口を出したり試食したりを繰り返していたからどういうものかはわかっていたが、それでもこうして花籠に美しく盛り付けられると言葉を失う。

「美味《うま》そうだな」

関根も驚いた様子で呟く。

「愛佳ちゃんのも可愛いね！」

愛佳も自分で花籠の蓋を開けていた。千春が気づいて声をかけると、愛佳も嬉《うれ》しそうに笑ってみせた。こちらは子どもも食べやすいように一口大のおにぎりを五個、花に見立てて中央に盛りつけ、その周りをエビマヨ、ミニトマトを器にしたポテトサラダ、小さなおちょこくらいの器に入った茶碗蒸《ちゃわんむ》しなどの子ども向けメニューで囲っている。茶碗蒸しからは栗の甘露煮が顔を出している。北海道では茶碗蒸しに銀杏《ぎんなん》ではなく栗の甘露煮を入れるのだ。

実は大人用よりもこちらのメニューの方が、このみのお弁当が再現されている。エビマヨもポテトサラダも、このみが高校時代お弁当によく入れていたものだ。味付けや盛り付けはくま弁仕様なので、このみも興味深そうに覗《のぞ》き込んでいる。

「じゃあいただきますしようか」

このみに言われて、愛佳が手を合わせる。千春と関根もそれに合わせていただきますと言ってそれぞれの花籠に向き合った。

千春が真っ先に手を伸ばしたのは、姫竹の姿焼きだった。

「それは姫竹を七輪で皮ごと焼いたものです。お好みで味噌《みそ》をつけてどうぞ」

「へえ〜」

あくが少ないからこそできることなのだろう。千春は姫竹から皮を剝《は》がし、試しに先端をそのままかじってみた。ぽり、という心地よい歯触り。皮に閉じ込められていた山を思わせる香りが鮮烈で、なんとも春らしく、みずみずしい。風味からしても確かにたけのこの仲間なのだろうが、もっと柔らかくて、ぽりぽりと歯触りがよい。味噌をつけてみると、これがまた甘みとかすかなえぐみを引き立ててくれる。

「いいですねえこれ。そのまま焼いたからかな、新鮮だからかな、すごくいい香り！」

「懐かしいな、子どもの頃に食べたことあったよ」

関根がそう言うと、このみがえっと驚いた声を上げた。

「それなら教えてくれればよかったじゃない。私が作ってた時に」

「教えるも何も、おまえが母さんのたけのこごはんを食べたがってたなんて、今回初めて知ったんだぞ。……愛佳、美味《おい》しいか？」

関根はそう言って孫に話しかけ、愛佳は口の周りと手をごはん粒だらけにしてにぱっと笑った。

そうだ、たけのこごはんだ。見た目のインパクトでつい姿焼きに手を伸ばしてしまったが、メインはたけのこごはんだった。しかも問題は千春が食べて美味しいかどうかではなくて、このみがどう思うかだ。

見るとこのみはまだ弁当のどれにも手をつけていない。踏ん切りがつかないのだろうか。

そのとき、強めの風が吹き抜けた。

あっ、とユウと関根が声を上げて、花籠弁当に蓋をする。このみは呆然《ぼうぜん》と宙を見ている。千春も自分の手元の花籠をかばいつつ、同じように宙を見ていた。

白いものが、雪のように風に乗って空を舞っている。ちらほらとではなく、それこそ吹雪のように、青空を白っぽく見せるくらいに。

それが降りかかるのを避けるために、ユウも関根も弁当に蓋をしたのだ。ぼうっとしていたこのみの弁当はユウが、愛佳の弁当は関根が庇《かば》った。

千春は膝《ひざ》の上にふわふわと舞い降りてきたその白いものをつまみ上げた。

綿毛だ。

ユウが説明し、オウム返しにこのみが呟《つぶや》く。

「ポプラ」

「ポプラの綿毛です」

「ポプラはこの時期に綿毛を飛ばすんです。地面や吹きだまりに、よく白いものが積もっていますが、ポプラの綿毛です。白くて、僕も最初に見た時は雪みたいだって思ったので、六月に猪俣様がごらんになった雪は、おそらくこれではないかと。それで、ポプラといえば、この辺りではやはりこちらかなと」

そういえばポプラ並木が有名な大学だ。

雪のように舞い散る綿毛をこのみはしばらく声もなく見つめていた。

「まま、どーじょ」

舌足らずな口調で、愛佳がそう言って自分のおにぎりをこのみに差し出した。

このみは受け取ったものの、食べずにそれをじっと見つめている。愛佳は不思議そうに小首を傾げ母を見上げる。

「おばあちゃんの味だぞ、このみ」

関根がそう言って食べるよう促したが、このみは父親を睨《にら》んだ。

「人が感傷に浸っているんだから、ちょっと放っておいてよね」

「…………」

「そもそもお父さんが『おばあちゃんの味だぞ』とか言うのがいらっとするわ。そんなの今気にするくらいならあの頃もっと会いに来てくれたってよかったし」

　どこでスイッチが入ってしまったのか、このみはぶつくさと父親への文句を言う。千春ははらはらしていたが、関根の方は慣れているのか、平然としている。

「私はおじいちゃんとおばあちゃんに育ててもらったの。ずっとそう思ってた。もっとちゃんと言えばよかった。ありがとうって。もっとたくさん会いに行けばよかった」

「おまえはじゅうぶん会いに行っていただろう」

「でも、もっとできたことあったんじゃないかって」

　呟いて、それきり彼女は唇を一文字に引き結んで黙り込む。その様子は、悔恨を口に出して、楽になるのを拒んでいるようにも見えた。

「このみ……」

　千春もなんと声をかけたらいいものかわからないまま名前を呼んだが、このみはぱっと笑顔を作ってしまう。

「なんてね、湿っぽい話してごめんね。いやー、なんかぐだぐだした内輪の話に巻き込んじゃって。千春はお弁当楽しんで食べてってよ！」

　そのとき、このみの眼前に、また一つ、愛佳がおにぎりを突き出した。

「ままもよ」

こまっしゃくれたしゃべり方で、思わず千春は笑ってしまった。このみは両手に小さなおにぎりを持たされて、困惑気味だ。

「愛佳の分なくなっちゃうよ」

「あるもん！」

なかなか口をつけようとしないこのみを、愛佳なりに気にしているのだろうか。

愛佳はこのみが食べるまでそうしているつもりなのか、じっとこのみを見つめている。

このみはついに根負けするような形で、その小さなおにぎりを一つ、口に入れた。ゆっくりと噛《か》み、しばらくして飲み込む。どこかぎくしゃくした、ぎこちない動きで。

それを見た愛佳は、ぱっと笑顔になった。片頰にえくぼが浮かぶ、このみによく似た笑顔だ。

「おいしいね？」

愛佳と目を合わせて、このみは絞り出すような声で言った。

「……うん、美味しいね。昔、ママのおばあちゃんも作ってくれたの」

「おんなじ？」

「ん？」

「ままのばあばのと、おんなじ？」

「うん……うーん」

このみは眉《まゆ》をひそめて、ちょっと困り顔になった。

「本当のこと言うと、どんな味だったか、ちゃんと思い出せないんだ。すごく昔に食べたから。ママのおじいちゃんとおばあちゃんと、ママで……ママは小さくて。愛佳ほどじゃないけどね、子どもだった」

話がよくわからなくなってきたのか、興味を失ったのか、愛佳はまた自分でおにぎりを取って食べ始めた。そんな愛佳の頬についたごはん粒を、このみが取ってやる。

「愛佳、どんな味する？」

愛佳は問われて顔を上げ、にぱっと笑った拍子にごはん粒が口から飛び出した。

「おいしい！」

愛佳を見つめるこのみの目が、震えたように見えた。

「……ママも、そう言った気がする」

ぽつりと呟くと、そのあとは堰《せき》を切ったように言葉があふれ出した。

「そうだった。おばあちゃんに、言ったの。ママも、どんな味って訊《き》かれて、美味しいって。でも、おばあちゃんはもう少し具体的な答えがほしかったのかも。だって、姫竹食べさせたのは初めてだったろうし、口に合うか心配してくれたんじゃないかな。

でも、私が美味しいって言ったら、すごく嬉《うれ》しそうに笑ってくれて。おじいちゃんもおばあちゃんと顔を見合わせて笑っていて。それで、私もすごく、」

このみの手が胸元を押さえた。皺《しわ》ができるほどブラウスの胸元を握りしめる。

「嬉しくなった。幸せな気持ちになった」

「まま、しゃあわせ？」

幸せが発音できず、愛佳がにこにこ顔でそう言う。

「まなかも、しゃあわせよ」

そう。

きっと、それは当時のこのみと祖父母も同じだった。

彼らはみんな、幸せだった。なぜならお互いがいたから。このみには祖父母が、祖父母にはこのみがいたから。

ぽろりとこのみの目から涙が零《こぼ》れた。口元を歪《ゆが》め、眉を寄せ、顔をくしゃくしゃにして嗚咽《おえつ》を漏らす。

愛佳はこのみが泣いたことにびっくりしたのか、立ち上がってこのみの頭を撫《な》でた。

「タイタイ？」

痛い痛い？　というような意味なのだろうか、愛佳は舌足らずな口調でそう尋ねた。

このみは泣きながら首を振り、笑って、愛佳の体を両手で包み込み、抱き寄せた。

「幸せだなあって。今も、昔も、ママは幸せだなあって思っただけなんだよ」

このみがたけのこごはんを食べたがった理由を、千春はようやく本当に理解できた気がした。

『今食べられたら、どんな味するのかな。あのときみたいな気持ちになれるのかなあって』

祖母の弁当を食べた時の癒やしを、再生を、今の彼女もまた必要としていたのだ。

このみは愛佳の髪についた綿毛をこの上なく優しい手つきで取ってやる。千春のまったくの憶測だが、祖母もこのみの髪についた綿毛をそうやって取ったのかもしれない。

このみは愛佳の目を見て言った。

「ねえ、愛佳。もっと大きくなったら、一緒に作ってくれる？　ひいおばあちゃんのたけのこごはん、愛佳も好き？」

「すき！」

このみは舞い散る綿毛の中で愛佳を、父を見つめて、それから千春を見て微笑んだ。

「今日は、ありがとう」

祖父母はもういないけれど。

でも、彼らがこのみに伝えたものは、確かにこのみの中に今もあって、そしてそれは今度は愛佳へと伝わっていくのだ。

このみの家族は、続いている。

『家族』に囲まれて弁当を食べている今この瞬間が、祖父母との思い出と同じように、このみの中にふんわりと積み重なっていくのだろう。

綿毛が、このみの頭にも優しく落ちてきた。


その後は和やかなものだった。

姫竹のたけのこごはんは、野趣溢《あふ》れる丸焼きとはまた違う、上品な味付けだ。姫竹の香りをまとったごはんと、たっぷり入った姫竹の柔らかな食感の組み合わせが美味《おい》しい。

花籠《はなかご》弁当をつつきながら話すうちにわかったのだが、このみはあまり父親に子育ての悩みを相談していないらしい。

「別に小学校の頃のことを恨んでるわけじゃないわよ、私だって。おじいちゃんとおばあちゃんと暮らす方がいいって考えてくれたんでしょ。でもさ、お正月くらいしか会いに来てくれないし、お父さんにまで捨てられたんだって私ずっと思ってたんだよ」

恨んでいないと言いながらも、恨み節たっぷりに聞こえる。

「まあ私はちゃんと子どものこと見てくれる人選んだけどね！」

このみの夫の猪俣淳平《じゅんぺい》は平日こそ遅いが休日は公園に子どもを連れ出して遊んでくれて、このみの話もよく聞いてくれるという。

「ただ、何かあったときに子育てのこと相談するのは、おじいちゃんおばあちゃんかなあって思ってたから……」

そう言葉を切って、このみは梅の形をしたにんじんを食べる愛佳を見つめる。

「寂しいな、って思う」

「……私も寂しいよ」

関根が、このみと同じ目で愛佳を見つめつつそう呟《つぶや》いた。

関根にとっては両親なのだ。早期リタイアして、東京と札幌を往復する生活を続け、それなのにほんの一年二年程度で他界されてしまった。

片付けが終われば札幌の両親の家は処分して、東京に戻り、また新しい会社の立ち上げに関わるそうだ。

「落ち着いたら、また愛佳に会いに行くからな」

関根は優しい顔で孫にそう語りかける。それを見て、またこのみがまなじりをつり上げる。

「はあ？　私が小学生のときはほったらかしだったじゃないの。孫だけ可愛がって、ほんとお父さんって勝手っていうか……」

ぶちぶち文句を言いながらも、このみは自分の家族として父親をちゃんと数えている。そうでなければそもそもこの場に呼ばない。このみは好き嫌いがはっきりした、感情表現豊かな人間で、父親に対して複雑な思いはあるのだろうが、千春からすれば結構わかりやすい。

関根も時折相槌《あいづち》を打ちながらもこのみの文句をほとんど聞き流し、そのせいでまたこのみの怒りを買っている。

関根は千春とユゥの視線に気づくと、咳払《せきばら》いをしてその場に正座をし直し、二人に向かって頭を下げた。

「娘のことで、力になってくださってありがとうございます。よかったら、家のサクランボ持ってきましたので、デザートにでもどうぞ」

そう言って紙袋からタッパいっぱいのサクランボを取り出した関根は、千春とユゥに勧めてきた。ありがたくいただくと、甘酸っぱい果肉が口の中で弾《はじ》けて、自然と頬が緩む。

「美味しいですねえ」

「ご近所にも配ってるんですが、なかなかうちでは食べきれなくて。母は砂糖で煮て瓶詰めにしたりしてたんですが……」

「あら」

このみの声が聞こえて見ると、愛佳が、頬張ったサクランボの汁で、手も口の周りも服も何もかも赤く汚している。千春はぎょっとして慌ててウェットティッシュを探すが、このみはおしぼり片手に笑っている。

「すごい顔！　美味しいもんねえ？」

愛佳は彼女用に種を取ったサクランボを渡されているのだが、そのせいで崩れやすく、こんなに汚してしまったらしい。千春はこのみのあっけらかんとした態度に、なんだかほっとした。子連れだと外で食事するのも大変で……と言っていたが、こんなふうに敷物を敷いてピクニックするのなら、周りの目をそれほど気にすることもないのだろう。

「そうだ、あの、ユウさん」

愛佳の顔を拭《ふ》いたこのみがユウに向かってそう言った。

「お名前って、大上《おおかみ》ユウさんでいいんですか？」

「大上ユウスケですよ。示偏に右の祐と、車偏の輔で、祐輔《ゆうすけ》です」

えっ、そうだったのか……と千春は密《ひそ》かに驚いていた。というかそもそも本名を知らなかった……。

本名も知らなかったとこのみにばれたら、千春のそういうところがだめなのだと言われてしまうだろう。

「じゃ、大上祐輔さん」

そう言って、このみはユウに向き直り、頭を下げた。

「先日はぶしつけなこと言ってすみませんでした。あらためて、千春のことよろしくお願いします」

「………えっ」

声を上げたのは当の千春だ。泡を食ってこのみの頭を上げさせようとする。

「やめっ、ちょっと、何言って……」

「何よ、別にどういう関係かなんて言ってないんだからいいでしょ。常連ってだけじゃなくて、友達ではあるんでしょ、少なくとも」

「……そう、そうだね、そうなんだけどさ」

千春は困惑して、おそるおそるユウを見やった。ユウはいつも以上に真面目な顔をして、改まった声で答えた。

「はい」

「………」

ユウは何をどうお願いされたつもりなんだ、と千春は混乱した頭で考え、顔を赤くして、もうそれ以上は顔を上げていられなかった。

千春の顔を指さして、愛佳は『しゃくらんぼ』だと言って、このみが堪《こら》えきれないようすで笑った。

千春もなんだかどうでもよくなってきて、サクランボをまた一つもらって、その実が口の中で弾けて果汁が溢れるのを味わった。

❄

関根は、さらに千春とユウに一パックずつ、サクランボをお土産にくれた。

このみたちを家まで送り届けたあと、千春はユウと一緒に店まで戻った。このあとちょっと時間があれば店に寄れないかと打診されたのだ。

（また試食かな、何かな）

このみが幸せそうだったのが嬉《うれ》しくて、千春はまだ浮かれていた。

店につくと、いつものように奥の休憩室に通された。

しばらく待って、出てきたのは、それはそれは可愛らしい、小さめサイズのお弁当だった。

いつもの半分くらいの大きさの弁当箱に、炊き込みごはん、つくね、こんにゃくの田楽、いんげんのごま和《あ》え、柴漬《しばづ》けなどの和風のおかずが詰められている。ごはんのないお惣菜《そうざい》だけの詰め合わせもあり、そちらはまた詰められているおかずが違う。

「小さくて可愛いですね！」

「夜遅くでもお求めいただきやすいサイズで、色々工夫してみました」

「工夫というと？」

「こちらはお豆腐がメインのつくねですし、ごはんもひじきやにんじんなど色々入れて見た目以上にカロリーを抑えています。そちらは野菜がメインのサラダ棒々鶏《バンバンジー》で……」

ユウはそう言って一つ一つ説明してくれる。なるほど、糖質やカロリーに気を遣う女性でも、夜に食べて罪悪感を抱きにくい、求めやすいお弁当ということだろう。

「ドレッシングも油を控えめにしています。それでいてある程度の満足感は得たいなというところで、もし夜遅くに千春さんが当店に来たとして、満足できるものかどうか、感想もらえませんか？」

「任せてください！」

千春は早速箸《はし》を手に取り、まずはつくねに手を伸ばす。ふんわりとした食感のつくねは見た目より口当たりが軽く、あえていうとがんもどきみたいだ。これだけだとあっさりしすぎという感じもしたが、とろりとした卵だれをたっぷりつけて食べると、いいバランスになる。

食べては感想を言い、それが一通り終わる頃には、さすがに昼食後だったこともあって、千春も満腹感を覚えていた。

「うーん、満足感についてはたぶん大丈夫だと思うんですけど、何しろ今お昼ごはんのあとだったので正確には……」

「！　そうでしたね、すみません！」

「いえいえ、でもお味はどれも美味《おい》しかったですし、あっさりしているようでたれとか中の野菜の歯ごたえとかで変化がついているのがよかったです。あ、ドレッシングは選べてもいいかも。ドレッシングくらいなら油入っててもいいかなって人と、こだわる人いそうだし……いや、私がこってりめのドレッシング好きなだけなんですけど……」

「なるほど、ありがとうございます」

こんなんでいいのかなと思いつつも、総評的っぽいことを言い、最後にはなんだか自信がなくなってくる。

「私、基本美味しいとかしか言わないし、何かもっと建設的なこと言えたらいいんですけど……」

「？　そんなことないですよ、美味しい以外にも具体的に色々言ってくれますし、それに、深夜のお弁当と罪悪感について指摘してくれたでしょう」

確かにしたが。

「僕、どうしてもお弁当も一つの食事として見てしまっていたので、極端にカロリーオフするとか、そういう発想はなくて……ただ、そういうところで、うちの商品とギャップの出てくるお客様もいたのは確かだなと気づいたんです。勿論《もちろん》、夜でもきちんと食べたいという方はいますし、そういうお弁当も変わらず置きますが、ミニサイズだったり、夜でも安心して食べられたりというお弁当が増えるのも面白いんじゃないかなと」

「なるほど……」

「熊野もいいんじゃないかと言ってくれましたし、改善すべきところは改善して、近いうちに店頭に並べたいと思っています。市内の飲食店による道産食材フェアもあるので、それにも出品する予定ですし……」

ユウはそう言って、まっすぐな目で千春を見つめた。

「お客様の本当に求めるものを提供したい、と思ってお弁当を作ってきました。でも、大手スーパーとの安売り競争には到底勝てませんし……それで僕も自信というか、これまでやってきたことでよかったのかなと思い始めてしまったんです。でも、どんなに試行錯誤しても、悩んでも、根本的な部分は忘れてはいけないなと。そのことに、千春さんが改めて気づかせてくれたんです」

「私が……ですか」

訝《いぶか》しげな顔をする千春に、ユウが説明してくれた。

「千春さん、このみさんのために、すごく一生懸命だったので。僕はまだまだだなって思ったんです」

「そりゃ……だって、友達ですし……」

ユウが仕事でやるのとはまた違うと思うのだが、ユウは何故だか刺激を受けたらしい。

ユウのまっすぐな目に見つめられ、千春はつい腰が引けて、顔を逸らしてしまいそうになる。

でも、今日はそうしてはいけないような気がして、懸命にユウを見つめ返した。

考えてみればフルネームもついさっきまで知らなかった。知らなくても特に困らなかったのだが、改めて訊《き》くまでもないような気もして……。そういうところを曖昧《あいまい》にしてきた。

曖昧にしていることは、他にもある……。

「あの」

ユウが真剣な顔で、眼差《まなざ》しで、言った。

「すみません」

「えっ」

なんのことだろう、謝られる覚えがない。自分の知らない、何かよくないことを告げられるのかな、と千春の心は警戒する。

不安そうに見返すと、ユウが千春の手を握った。

「！」

突然のことで、千春は息を止める。

ユウの手は、乾いていて、熱くて、自分の汗で湿った手が恥ずかしい。

「ケータリングとか、昼間の販売とか、店のことが軌道に乗るまで、と思っていたんです。それまでは、千春さんに向き合えないと思い込んでいて。本当はもっと早くはっきりさせたかった。不安にさせてすみません」

「…………」

はっきり、不安……千春ははっとした。息を飲んだ。緊張とそれ以外のもので鼓動が速まる。顔に血が上る。

一瞬怖くて逃げたくなったが、ユウの手の力強さがそれをさせなかった。逆に、千春は反射的に手を強く握ってしまう。

ユウがそれ以上の強さで握り返して、その言葉を告げた。

「好きなんです。お付き合いしてください」

千春はしばらく呆然《ぼうぜん》としていて、それから、急に何か言わなければと慌てて口を開き、結局何を言ったらいいかわからないまま、ユウの顔を見つめ返した。

嬉《うれ》しい、と思った。

真剣に自分に思いを告げてくれて、これからのことを口にしてくれた。それが嬉しい。

喜びに押し出されるように、答えはするりと簡単に出てきた。

「はい……」

口にしてから心配になった。これで意味は通じているだろうか、ちゃんと受け取ってもらえているだろうか、いや、もっと言わなくちゃと余計に焦って、言葉を重ねる。

「あっ、あの、好きです。私ももっと、ユウさんのこと知りたいし、お付き合いしたいです……もっと、でも……」

そこで突然こみ上げた不安を、千春は吐露した。

「あの、このみが余計なこと言ったから……？」

「……言われる気がしていましたが、そうじゃないです」

「す、すみません」

「いえ、僕のタイミングが悪かったので」

「そんなことは……」

これ以上口を開いていると余計なことを言いそうで、千春は黙ってユウを見上げた。

付き合うとはなんだったか、恋人とはなんだったか、千春はぼんやりした頭で考えて、考えすぎて疲れてしまう。

だから黙って膝《ひざ》でにじり寄り、距離を近づけて、ユウの肩口辺りに額を寄せた。

どくどくと自分の心臓の音が耳にうるさい。ユウとの距離が近い、というかゼロだ。恥ずかしいが幸せで、こういう感じでいいみたいだな、やっぱり自分は彼がこういう意味で好きなんだなと確認できて、ほっとする。

「ユウ君」

熊野の声が聞こえた。厨房《ちゅうぼう》からだ。

「サクランボどうするー？」

そういえば、ユウと千春は別れ際に関根からそれぞれ一パックずつサクランボをもらっていたのだった。ユウはそれを厨房においていたから、熊野が気づいて声をかけてきたのだ。

千春は急いで身を起こして離れようとした。

そのとき、ユウが繋《つな》いだままだった千春の手を引いて、本当にそっと触れるだけのキスをして、すぐに離れた。

ユウは熊野に返事をする。

「次のお休みでパイにするつもりですけど、食べてもいいですよ」

「あ、そうか？」

戸口からひょいと熊野が顔を出し、やあ小鹿さん、と千春に声をかけ、靴を脱いで和室に上がる。

「じゃあせっかくだからちょっとこのまま食べさせてもらうよ。小鹿さんにも出すから待っててな」

「あ、いえ、私はさっきいただいたので……」

そう言って、千春はばたばたと帰り支度を始める。

熊野は千春を見て、ふと眉《まゆ》をひそめて、それからユウを見やる。

「失礼します！」

「あっ、千春さ……」

ユウと熊野に何か言われる前に、千春は逃げるように廊下へ飛び出した。その背中に、ユウと熊野の会話が聞こえる。

「ここ職場だぞ……」

「何もしてません！」

ユウの声にも焦ったような響きがある。それ以上に自分は不審な態度しか取れない気がする。千春はちらっと玄関の鏡で自分の顔を見た。耳までサクランボみたいに赤かった。

熊野も、これを見たのだろう。

「千春さんっ」

ばたばたと追いかけてきたユウに、千春は真っ赤な顔のまま振り返った。

「また、お店来ますから！　ユウさんとお弁当に会いに！」

そんな言い方でよかったのか甚《はなは》だ疑問だが、とにかく口に出してしまった。ユウは一瞬意表を突かれたような驚いた顔をして、それからいつものように笑った。

「待ってます」

それから、小さめの声で付け加える。

「今度はちゃんと、僕からも連絡するので。デート、してください」

「はい……」

付き合うってなんだっけ、こういう感じでいいんだっけ？　と千春はなんだか混乱したまま考えたが、あまり深く考えすぎないようにして、店を出た。

外の日差しは六月らしく強く、千春はふと夏至が近いことを思い出した。

抱きしめた袋からは、サクランボの甘酸っぱい匂いが立ち上っていた。

本書は書き下ろしです。
この作品はフィクションです。実在の人物、団体等とは一切関係ありません。

弁《べん》当《とう》屋《や》さんのおもてなし

海薫《うみかお》るホッケフライと思《おも》い出《で》ソース

喜《き》多《た》みどり

平成29年 10月25日　初版発行
令和3年 12月25日　12版発行

発行者●青柳昌行

発行●株式会社KADOKAWA
〒102-8177　東京都千代田区富士見2-13-3
電話　0570-002-301（ナビダイヤル）

角川文庫 20601

印刷所●株式会社KADOKAWA
製本所●株式会社KADOKAWA

表紙画●和田三造

●お問い合わせ
https://www.kadokawa.co.jp/（「お問い合わせ」へお進みください）
※内容によっては、お答えできない場合があります。
※サポートは日本国内のみとさせていただきます。
※Japanese text only

ISBN978-4-04-106146-6　C0193

◆◇◇

角川文庫発刊に際して

角 川 源 義

第二次世界大戦の敗北は、軍事力の敗北であった以上に、私たちの若い文化力の敗退であった。私たちの文化が戦争に対して如何に無力であり、単なるあだ花に過ぎなかったかを、私たちは身を以て体験し痛感した。西洋近代文化の摂取にとって、明治以後八十年の歳月は決して短かすぎたとは言えない。にもかかわらず、近代文化の伝統を確立し、自由な批判と柔軟な良識に富む文化層として自らを形成することに私たちは失敗して来た。そしてこれは、各層への文化の普及滲透を任務とする出版人の責任でもあった。

一九四五年以来、私たちは再び振出しに戻り、第一歩から踏み出すことを余儀なくされた。これは大きな不幸ではあるが、反面、これまでの混沌・未熟・歪曲の中にあった我が国の文化に秩序と確たる基礎を齎らすためには絶好の機会でもある。角川書店は、このような祖国の文化的危機にあたり、微力をも顧みず再建の礎石たるべき抱負と決意とをもって出発したが、ここに創立以来の念願を果すべく角川文庫を発刊する。これまで刊行されたあらゆる全集叢書文庫類の長所と短所とを検討し、古今東西の不朽の典籍を、良心的編集のもとに、廉価に、そして書架にふさわしい美本として、多くのひとびとに提供しようとする。しかし私たちは徒らに百科全書的な知識のジレッタントを作ることを目的とせず、あくまで祖国の文化に秩序と再建への道を示し、この文庫を角川書店の栄ある事業として、今後永久に継続発展せしめ、学芸と教養との殿堂として大成せんことを期したい。多くの読書子の愛情ある忠言と支持とによって、この希望と抱負とを完遂せしめられんことを願う。

一九四九年五月三日

弁当屋さんのおもてなし

ほかほかごはんと北海鮭かま

喜多みどり

「お客様、本日のご注文は何ですか?」

「あなたの食べたいもの、なんでもお作りします」恋人に二股をかけられ、傷心状態のまま北海道・札幌市へ転勤したOLの千春。仕事帰りに彼女はふと、路地裏にひっそり佇む『くま弁』へ立ち寄る。そこで内なる願いを叶える「魔法のお弁当」の作り手・ユウと出会った千春は、凍った心が解けていくのを感じて――?　おせっかい焼きの店員さんが、本当に食べたいものを教えてくれる。おなかも心もいっぱいな、北のお弁当ものがたり!

角川文庫のキャラクター文芸

ISBN 978-4-04-105579-3

ここは神楽坂西洋館

三川みり

「あなたもここで暮らしてみませんか?」

都会の喧騒を忘れられる町、神楽坂《かぐらざか》。婚約者に裏切られた泉《いずみ》は路地裏にひっそりと佇む「神楽坂西洋館」を訪れる。西洋館を管理するのは無愛想な青年・藤江陽介《ふじえようすけ》。彼にはちょっと不思議な特技があった——。人が抱える悩みを、身近にある草花を見ただけで察知し解決してしまう陽介のもとには、下宿人たちから次々と問題が持ち込まれて……?　植物を愛する大家さんが“あなたの居場所”を守ってくれる、心がほっと温まる物語。

角川文庫のキャラクター文芸

ISBN 978-4-04-103491-0

最後の晩ごはん

ふるさととだし巻き卵

椹野道流

泣いて笑って癒される、小さな店の物語

若手イケメン俳優の五十嵐《いがらし》海里《かいり》は、ねつ造スキャンダルで活動休止に追い込まれてしまう。全てを失い、郷里の神戸に戻るが、家族の助けも借りられず……。行くあてもなく絶望する中、彼は定食屋の夏神《なつがみ》留二《りゅうじ》に拾われる。夏神の定食屋「ばんめし屋」は、夜に開店し、始発が走る頃に閉店する不思議な店。そこで働くことになった海里だが、とんでもない客が現れて……。幽霊すらも常連客!? 美味しく切なくほっこりと、「ばんめし屋」開店！

角川文庫のキャラクター文芸

ISBN 978-4-04-102056-2

最後の晩ごはん

忘れた夢とマカロニサラダ

椹野道流

未練なき幽霊の未練とは？　最泣エピソード！

兵庫県芦屋市。雨の夜、定食屋「ばんめし屋」を訪れた珍客は、青年の幽霊・塚本《つかもと》だった。元俳優で店員の海里《かいり》は、店長の夏神《なつがみ》たちと事情を聞くことに。なぜか今までのどの幽霊よりも意思疎通できるものの、塚本は「この世に未練などない」と言い切る。けれど成仏できなければ、悪霊になってしまいかねない。困惑する海里たちだが、彼ら自身にも、過去と向き合う瞬間が訪れて……。優しい涙がとまらない、お料理青春小説第８弾！

ISBN 978-4-04-104897-9

懐かしい食堂あります

谷村さんちは大家族

似鳥航一

このあたたかい家族に涙してください

東京は下町。昭和の雰囲気が残る三ノ輪に、評判の食堂がある。そこはいま大騒動の最中だった。隠し子騒動で三代目の長男が失踪。五人兄弟の次男、柊一が急きょ店を継ぐことになったのだ。近所でも器量よしと評判の兄弟だが、中身は別。家族の危機にてんやわんやの大騒ぎ。だが柊一の料理が大事なものを思いださせてくれる。それは、家族の絆。ときに涙し、ときに笑う。おいしくて、あったかい。そんな、懐かしい食堂あります。

角川文庫のキャラクター文芸

ISBN 978-4-04-105059-0